張之洞 五

唐浩明 著

岳麓書社

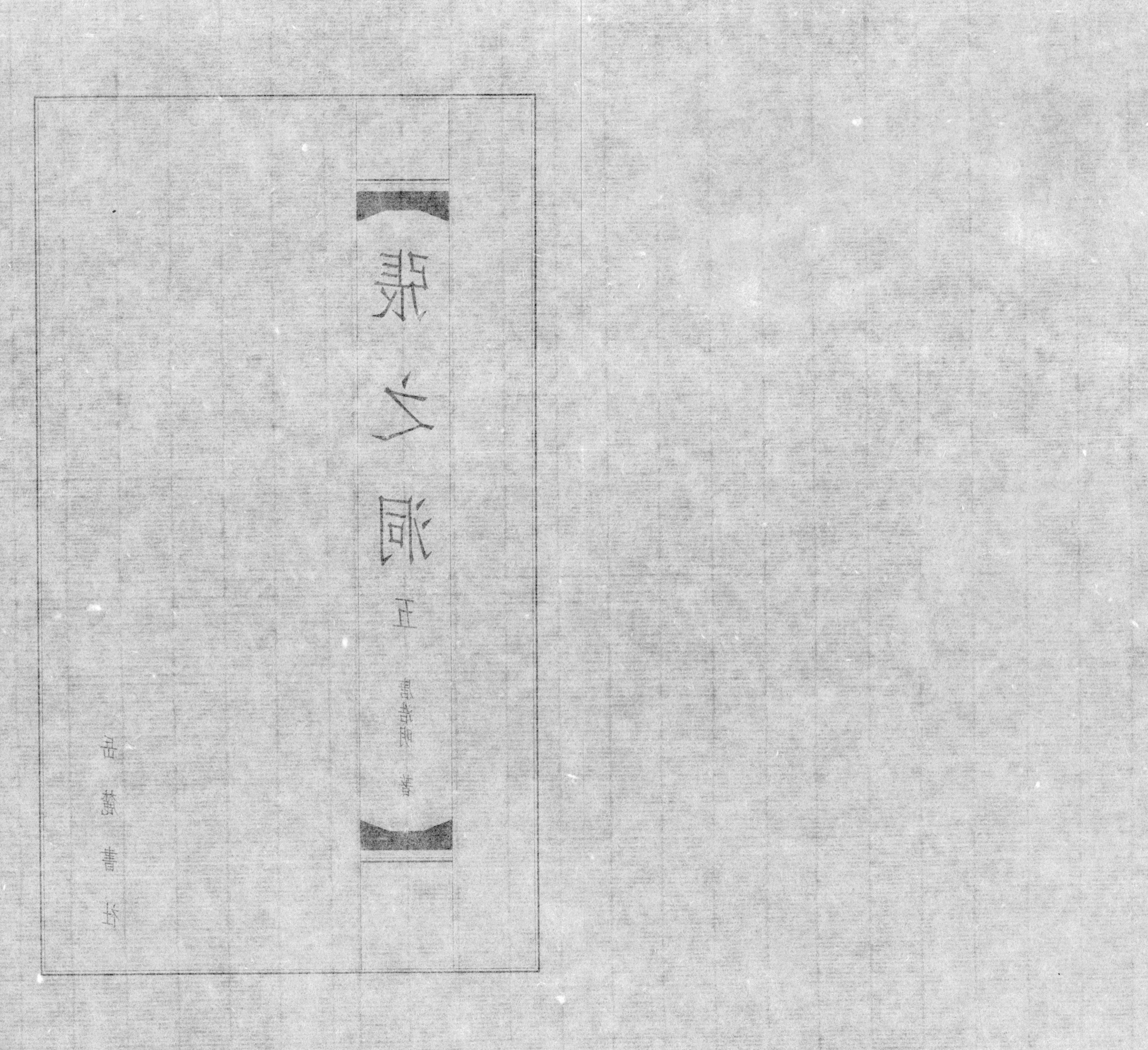

第十章　籌議幹綫

一　香濤兄，你想做天下第一督撫嗎

自古以來，中國的交通運輸，陸路靠的車馬，水路靠的舟船，雖然史書上有諸葛亮造木牛流馬運糧食的記載，頗有點自動化的味道，可惜千餘年間，無數絶頂聰明的人按照書上所説的尺寸規則，無論怎樣擺弄來擺弄去，也不能讓拼出來的牛馬開步行走；改變尺寸另辟蹊徑，也一樣的没有成功。於是，仍然衹能沿用人力畜力水力和風力來減輕人的勞累，至於以轉换其他能量來作爲代替的設想，却很少有人想過，更没有在現實中實驗過。

十九世紀，蒸汽機的誕生，使人類獲得一個能量轉换的有效途徑。它的廣泛應用，更改變人類在許多領域内的生存方式。輪船和火車的出現，使得人類在水陸交通上找到比舟船、車馬强過許多倍的運輸工具。

對於以五千年悠久文明自詡於世的中國來説，用蒸汽船取代人工船的過程，似乎没有遇到多大的麻煩。同治元年正月，正是江南戰事最激烈的時候，經朝廷批准，由曾國藩出面購買的第一艘洋人製造的蒸汽機船，開進了安慶港碼頭。半年後，華蘅芳、徐壽所設計製造的第一艘中國人自造的蒸汽機船在安慶江面試航成功。曾國藩爲此在日記中寫下一句頗爲自得的話：『竊喜洋人之智巧，我中國人亦能爲之，彼不能傲我以其所不知矣。』

然而，火車的引進中國，則遠不是這樣的一帆風順，這段歷程的曲折複雜，實在令人可悲可嘆！

幾乎在購進洋船的同時，以怡和、旗昌爲首的英美等二十七家洋行，便向時任蘇撫的李鴻章建議，興建一條由蘇州至上海的鐵路。因主權問題，遭李鴻章拒絶。次年，英國工程師斯蒂文生來華，又向清廷提出興建六大幹綫，即漢口至上海，漢口至廣東，漢口至四川，上海至福州，鎮江至北京，廣東至雲南的建議。也因主權問題被拒絶。同治四年，美國商人在北京宣武門外修建了一條一里多長的鐵路，欲作爲樣品來引起朝廷的重視，結果因爲中國人從來没有見過這種怪物，被其吼叫聲和運行時的强烈震動所嚇倒，没有幾天便讓步軍統領衙門給拆掉了。到了光緒元年，怡和洋行修築了一條由上海至吴淞的鐵路。火車在鐵路上行駛仍然引起官府民間的一致反對，終於藉火車軋死一個士兵的理由，勒令停止運行，不久又用二十八萬兩銀子買下拆毁投入海中。第二年直隸開平礦務局成立，爲方便運煤，李鴻章向朝廷奏請興建一條運煤的鐵路，但遭到朝廷許多大臣的反對，事未果。直到光緒六年，李鴻章再次奏請，並特别聲明不用洋機車頭，而用驢馬拖拉，纔得到朝廷勉强同意。一年後，由中國人自辦的第一條鐵路在中國建成了。這條鐵路起自唐山，終止胥各莊，全長衹有二十二里，由驢子和馬拖着車廂在鐵軌上走。這在世界鐵路史上，可謂獨一無二的創舉。再過一年，英國工程師金達利用舊鍋爐進行改造，終於造出中國的第一臺蒸汽機車。這臺蒸汽機車的牽引力衹有一百餘噸，全長一八點八英尺，每小時衹能行走五公里，儘管各項指標都小得可憐，然而它却是第一個中國製造的有着完整概念的火車。

與唐胥鐵路誕生的同時，一場關於鐵路興建與否的論争也在展開。

光緒六年，前淮軍大將劉銘傳上了一道名曰《籌造鐵路以圖自强摺》，向慈禧太后詳細説明修造鐵

路的重要性和必要性。劉銘傳指出其重要性首先體現在軍事上，可以迅速調兵運餉，保衛邊疆，同時也有利漕務、賑務、商務、礦務、行旅者，並提出興建南北四條幹綫，即北京至奉天，北京至甘肅，漢口至河南，清江至山東。考慮到四條幹綫同時並舉，資金短缺，可先修北京到清江一條。若銀錢不够，可舉借洋債。這份奏摺，道理充足，規劃詳盡，言辭懇切，引起慈禧太后及軍機、內閣大臣的重視，下發交朝臣疆吏們討論。

內閣學士張家驤首先發表反對意見，批評劉銘傳是無事生非，莠言亂政，指出興造鐵路有三大弊病：一招致洋人覬覦，二壞沿途墳墓田園房屋，百姓不滿，三與輪船爭利。

時任直隸總督的李鴻章態度鮮明地支持劉銘傳的意見，詳細分析興建鐵路有保衛京師、籌辦海防等九個方面的利益，並逐條駁斥張家驤的詰難。

李鴻章的摺子剛遞上，即遭到另一批人的猛烈攻擊，這批人中最有代表性的是通政司參議劉錫鴻。此人曾經做過中國首任駐英公使郭嵩燾的副使。他雖然和郭嵩燾共事，却對郭氏的一套全持反對態度，後來又向朝廷密劾郭氏在外的種種不是，終於使得郭嵩燾被撤職查辦。劉錫鴻因此贏得朝野守舊派的稱讚。劉錫鴻堅決反對修鐵路，說火車雖在西洋通行，但中國斷不能做傚。劉錫鴻以一個見過世面的副使身份出面反對修造鐵路，很有說服力。於是，劉銘傳的建議以『着庸毋議』擱置一旁。

但是，事實勝於雄辯，不少頑固守舊的人逐漸在事實面前清醒過來。這幾年間朝廷中有一位舉足輕重的人物也終於清醒過來了，此人便是醇王奕譞。通過中法戰爭，尤其是做了海軍衙門督辦大臣親自檢閱海軍、主持南北海軍大會操的盛典之後，奕譞對洋人和洋務的看法有了根本性的改變。

在一片反對聲中，奕譞支持李鴻章將唐胥鐵路延伸至蘆臺，並同時組建開平鐵路公司。光緒十三

年，延伸段完工，整個鐵路更名爲唐蘆鐵路，又繼續再延伸到天津。由於奕譞的原因，朝廷同意了這一計劃。趁此機會，李鴻章將開平鐵路公司改名爲中國鐵路公司，儼然以中國鐵路的總督辦自居。光緒十四年，全長二百六十里的唐津鐵路建成。這時，一個廣東商人表示願意接造天津至通州的鐵路。經奕譞奏請後，上海報紙很快便刊出中國鐵路公司爲津通鐵路招集股金的廣告。消息傳出，又招致一班人的激烈反對。

這一班人以新任户部尚書翁同龢爲代表。原來，閻敬銘已在一年前就離開了户部。自從頤和園開工後，閻敬銘便因撥款事數次與慈禧相抵忤，惹得慈禧老大不快。於是藉故將閻敬銘革職留任。户部尚書崇綺知趣，乾脆繞過留任的閻敬銘，源源不斷地將款子撥給園工，弄得閻敬銘十分惱火。年過古稀的倔老頭終於對官場徹底厭倦，第三次奏請開缺回籍。慈禧是個既專斷自用的皇太后，也是一個恩怨分明的女人。她既對閻敬銘於園工持不合作態度甚是不滿，但也對咸豐年間幫她渡過難關的老臣始終懷一分眷顧之情，特別是閻敬銘，是她將他再次起用，而他這幾年也的確爲整飭户部豐富國庫做出極大的貢獻。故而當慈禧接到閻敬銘的開缺摺後，心中不免有一絲傷感。她一面接受他的懇請准予開缺，將閒置三四年的翁同龢補授户部尚書，一面又勸他暫勿回籍，在京師裏寬住一段時日，由太醫院風疾聖手蕭長治給他診治，待病好再回解州不遲。閻敬銘爲風疾苦了二十餘年，這幾年在京師，早就聽說太醫院的蕭長治極擅長治風疾。閻敬銘是個拘謹的人，儘管京師也有達官顯宦私下裏用重金請御醫治病，但他不願意這樣做。没料到太后逾格示恩，閻敬銘感激之餘，遵命在京城賃屋住下。至於户部的大小事情，他決不過問。翁同龢聯合內閣學士文治、國子監祭酒盛昱以及禮部尚書奎潤等人上書，說鐵路爲開闢所未有，祖宗所未創，又將太和門近日失火聯繫起來，認爲這是天象示儆，應將李

第十章　議和辦理

鴻章的誤國誤民之舉立即停止，以弭國患。

以兩江總督劉坤一爲代表的一批督撫則全力主張在中國大辦鐵路，將鐵路視爲千萬人之公利，萬世之大利，是安內攘外刻不容緩的急務。

一向以經營八表自命的兩廣總督張之洞，自然十分關注着這場激烈的爭論。今日的張之洞，已經是一位底氣甚足眼界更寬的政壇後起之秀。天下督撫，在他的心目中，已沒有幾個可與之比肩了。靠幾十年的積資逐級而上的，多平庸老邁，已成漸薄西山之夕陽，自然不必理論。就是那幾位以戰功起家的中興功臣如劉坤一、曾國荃、劉銘傳、劉錦棠、岑毓英等，早些年張之洞對他們尚有三分敬畏，現在，這種敬畏已不復存在了。他們的戰功，衹不過是對神神鬼鬼的長毛和烏合之衆的捻子而言，能跟打敗擁有世上最强大的艦砲武器的法國人相比嗎？張之洞有時想，儻若自己早生二十年，說不定還不會讓長毛捻子猖獗那麽久；那批所謂大帥名將中，究竟有幾個真正會用兵的人，真是天曉得，也不過是時運際會罷了！世無英雄，遂使豎子成名。抹去這些人的武的光環後，他們的文的一面就簡直提不得了。走私鹽梟劉銘傳、邱八劉錦棠不說，就是號稱讀書人的劉坤一、曾國荃、岑毓英等人，也沒有一個得舉人功名的，要他們不假人手，自己作一篇賦吟一首長詩都不行。探花出身的張之洞一想到這一層，便自覺比他們高出一頭地。

中興名臣這批人中，張之洞真正崇敬的還是他的恩師胡林翼和曾國藩、左宗棠，他們上馬擊賊下馬吟詩，可謂文武雙全。可惜，胡林翼英年早逝，曾國藩也僅壽止花甲，就連到老不改英雄本色的左宗棠也在前年去世了。

對於那個被世人公認爲中興名臣之一、領天下督撫之首達二十餘年、以群臣領袖自命的李鴻章，

張之洞的看法則要複雜得多。

說句實在話，張之洞對李鴻章還是佩服的。當年，李鴻章以一個清華翰林的身份，能看清天下大勢，毅然離開舒適寧静的翰苑回原籍辦團練，主動投入兵凶戰危之地，這一舉動就要高過千萬個讀書破萬卷的儒士文人了。後來親自組建淮軍，指揮一支能征慣戰的軍隊，直到在他的手裏徹底撲滅流竄四方的捻子，也算得上有統兵之才。這些年，李鴻章能清醒地看到必須學習洋人的長處，並在直隸辦機器局槍砲廠，辦水師學堂，爲北洋大購艇砲，繼而又辦電報局修鐵路，在中國開一代風氣之先。這辦洋務一途，尤使得從清流變爲督撫的張之洞更加欽佩，他不得不承認：這個曾文正公的高足確有過人之處。

但張之洞不喜歡李鴻章，有時甚至是厭惡。這種心態最初萌生於彼此間的政見不同。

作爲清流黨中重要人物，在對外關係上，張之洞一貫持强硬態度。但李鴻章多採取妥協的做法，主張退讓、息事寧人。對此，張之洞十分看不慣，激情勃發時，他也會和清流黨的朋友張佩綸、陳寶琛等人一起駡李鴻章貽誤國家，與漢奸差不多。這幾年來，儘管他已從清流黨的狹隘圈子中走了出來，對李鴻章的某些做法有些體諒，但他還是認爲徐圖自强和對外强硬並不矛盾。

張之洞不喜歡李鴻章，還因爲他對李鴻章的人品有反感。他認爲李鴻章的爲人，一喜拉幫結派，二喜聚斂財貨。李鴻章用人，最看重兩個背景，一是不是出身淮軍或與淮軍有淵源，二是不是安徽人。若有這兩個背景，又有本事，他則重用；即便沒有本事，他也會優予看顧。安徽人尤其是廬州府的人去找他，他都吩咐手下人好好接待，能安置的儘量安置。他有一句名言：『咱兩淮人歷來生計艱難，好不容易如今混出一支軍旅、出息了這麽多人物，父老鄉親來依附你，找碗飯喫，你能讓他失望

而歸嗎？』這句話，讓千萬安徽人聽了心暖，却也因此而壞事。李鴻章和他的袍澤們所管轄的地方，無論官署還是軍營，都是良莠不分，魚龍混雜，常常使得英雄氣短，志士灰心，最後終因甲午海戰大敗而壞了他的一世英名。李鴻章在錢財上不檢點。他本人是來者不拒，他的兄弟子侄則更是放肆聚斂。他們人在外面做官，家中則良田無數，美宅無算，合肥李氏家族是安徽最大的財主。當時有句民謠：『宰相合肥天下瘦。』對他諷刺挖苦是既辛辣又絶妙。

這兩點素爲中國傳統操守所抨擊，也是清流黨人敢於與李鴻章作對的所恃之處。李鴻章以鄉情和銀錢來網羅收買世俗間鷄鳴狗盗之輩，成就了一番英雄豪傑的事業，也因此得罪天下清高之士，招致生前身後洗刷不去的罵名。這原是自古以來，凡做世俗大事的人都不可避免的無奈。『求仁得仁』，就李鴻章本人來説，以他豁達大度之胸襟來看倒也没有什麽，但要堵住世人悠悠之口，讓人對他有發自内心的敬重，却也是做不到的。

張之洞就是這群人中的一個突出者，即使當年身爲洗馬一類的小京官，輩份上足足低了一輩，他也敢對李鴻章不恭，甚至指名道姓地駡。

如果説這兩個方面，在先前尚未構成直接利害衝突的話，那麽在中法之役中，張之洞則實實在在感受到了李鴻章對他的禍害。按照張之洞的想法，是要趁着諒山大捷的大好時機來一個『直搗黄龍府』，將法國在越南北部的勢力一掃而光。此事一旦成功，對國家來説，將可長保滇桂一帶的安寧，大大提高在世界上的聲譽。對他個人來説，則可以建立更大的功勛，留在史册上的這頁記載也將更光彩。可惜，李鴻章却害怕因此而打亂他的和局戰略，見好就收，最後反而出現戰勝國向戰敗國求和的咄咄怪事。張之洞深怨李鴻章這樣做，使國家蒙受了耻辱。李鴻章則多次指責張之洞是矜能自詡，好

大喜功。

張之洞從此與李鴻章結下個人仇隙：李鴻章不但誤國，也誤他張某人！他决心要與這個四朝元老較量較量，讓此人感受一下後來居上者的壓力。

張之洞和他的幕友們無疑是鐵路興建的熱烈支持者。至於如何辦，他安排洋務科拿出具體的方案來。

主管蔡錫勇集合陳念礽等人搜集歐美等國建造鐵路的歷史資料，根據本國的具體情况，提出三個階段的設想：第一階段全力支持李鴻章建立中國鐵路公司，並成立招商股份公司，先把津通鐵路建好。第二階段興建上海至南京的滬寧鐵路和上海至杭州、寧波的滬杭甬鐵路。第三階段，則爲興建北京到漢口的京漢鐵路。這條鐵路直貫中國的腹心地帶，好比人身上的一根主動脈，對於國家各方面關係重大。但因爲綫路長，施工難度大，耗資浩大，技術和財力一時都跟不上，故宜擺在第三階段，待津通、滬寧、滬杭甬三條鐵路相繼完成後再考慮。

蔡錫勇向張之洞禀報這個三步走的設想後，特别提出：『這是洋務科全體幕友將中外情况反覆研究比較後，提出的一個慎重而又可行的計劃，希望香帥能採納並據此上奏。』自趙茂昌首開『香帥』的稱呼後，没有多久，除桑治平和楊鋭等極少數幾個仍沿用舊稱呼外，其他人都一律尊稱張之洞爲香帥。張之洞也樂於聽人家這樣叫他。

張之洞没有表示態度，衹讓蔡錫勇把所有的有關資料存放在他的簽押房裏。

過兩天，翻譯科主管辜鴻銘對張之洞説了該科幾位幕僚的看法。他們認爲不必分三個階段，鐵路於中國太重要了，要迅速地大規模地把鐵路建起來，因此他建議先建北京至漢口的京漢鐵路。這條鐵

路一建好，立即就建武昌至廣州的鐵路，可稱之爲粤漢鐵路。兩條鐵路建好後，從北到南，從燕趙到湘粤，貫穿一氣，中國的大脈絡就順暢了，中國的元氣便會很快復甦。辜鴻銘的話，張之洞聽了頗爲心動，衹是這的確是一個曠古未有的大工程，其艱難程度不亞於秦始皇修萬里長城、隋煬帝開大運河，眼下能動這樣的大手筆嗎？

桑治平這些日子來，也一直和陳念礽在討論鐵路事。陳念礽來兩廣總督衙門洋務科已經兩年多了。這兩年多裏，他不僅爲事業有成而興奮，更爲表舅父親般的疼愛而深感温暖。念礽從小就失去父親。在過去二十年的歲月裏，尤其在艱辛困頓、委屈痛苦面前感覺到自己脆弱乏力的時候，幼小的念礽是多麽渴望一個堅强有力的父親的呵護和支撑，然而他没有！一切都靠自己挺起肩膀扛着，硬起頭皮頂着，咬緊牙關忍着。人前從未低過頭，母親面前他也從未哭訴過，弟弟面前他更要敢於擔當。可是，在那些個不眠之夜裏，小念礽獨自流過多少心酸的淚水！他萬萬没有想到，二十四歲之後來到廣州，却遇到這樣一個表舅。表舅對他的關懷和照顧，足以填補這二十年來父愛的缺失。

念礽哪裏知道，填補這個缺失正是桑治平這段時期來從心靈深處所爆發出來的强烈願望。桑治平爲虧欠念礽母子太多而内疚，也爲半百之後突獲親子而欣喜，他把自己滿腔的父愛全部傾注在念礽的身上。他給念礽買來七八套新衣服，又爲念礽購置全套新傢具。每天夜晚他都會去念礽的房間裏説話，對念礽所説的一切都有着極大的興趣。尤其喜歡聽念礽談美國，無論是美國的實業還是美國的政體，也無論是美國百姓的生活習俗，還是上層社會的名流交往，這些從念礽口裏説出來的話，都給桑治平帶來很大的樂趣。有時念礽睡着了，他也會盯着那張越看越像自己的臉龐，很久之後纔悄悄離開。休沐之時，他或是陪着念礽遊五羊城，登越秀山，或是帶着念礽到自己家裏，置辦豐盛的酒食招

待他。這段日子裏，他給仁梃講《資治通鑒》，爲讓念礽也能聽課，他對張之洞説，辜鴻銘、陳念礽都是西學好而中學欠缺，必須讓他們補上這一課。經史子集有的可不看，中國歷史却不能不知，應讓他們二人與仁梃一起讀《通鑒》。張之洞很贊同。於是辜、陳天天下午與十八歲的仁梃聽桑先生的課。在桑治平與陳念礽每天晚上的對話中，桑多説的是中國學問，陳多説的是西方見聞，二人互補不足，都有很大的提高。

從陳念礽的談話中，桑治平知道在歐美各國，鐵路縱横交錯，與機器、船砲一道是國强民富的重要條件。中國幅員遼闊，更需要鐵路作長途運輸，未來中國最大規模的洋務工程，應該是鐵路，誰執鐵路牛耳，誰便執洋務牛耳。

篤信管桑之學的桑治平，從陳念礽的無意言談中悟出一個深刻的大道理：如果説二千多年的管仲、桑弘羊以農商來求富國强兵的話，處當今之世，欲求中國富强，捨洋務之外，别無他途，而眼下最大的洋務在鐵路。一個構想電光石火般地在他的腦子裏閃現。倘若這個構想付諸實施的話，對張之洞而言，可成就一番絶頂大事業，對自己而言也可酬謝知遇之恩。

幾天來，他爲這個構想的完善而日夜思索着，也因而心情亢奮着。

這天喫完晚飯後，他約張之洞在衙門簽押房裏密談他的構想。

『香濤兄，你想做天下第一督撫嗎？』桑治平這句横空出世般的話，給張之洞罩上滿頭霧水。

『你這話怎麽講？本朝有明文規定，直隸總督纔是疆吏之首，我即便想做天下第一督撫，若不取李少荃而代之，一個兩廣總督，人家也不承認你是老大呀！』

桑治平笑了笑，説：『直督爲疆吏之首，是不錯，但這衹是表面的具文，真正的天下第一督撫不

在表面，而在內裏的分量。比如說，曾國藩做兩江總督的時候，天下第一督撫是那時做直督的劉長佑呢，還是曾國藩呢？答案是很明白的，當然是曾國藩。這是因爲曾國藩當時正在做削平長毛的天下第一大事業。又如林則徐做兩廣總督的時候，天下第一督撫是那時做直督的琦善嗎，當然不是，而是林則徐，因爲林則徐當時也在做天下第一大事即禁煙。所以，依我之見，天下第一督撫不是屬於直督的專利，而是屬於做當時天下第一大事業的督撫。』

張之洞恍然大悟：『你指的是這種第一督撫，那我張某人當然想。若不是李少荃膽小怕事，鼓動朝廷匆匆談和，我讓馮子材、劉永福他們軍隊長驅順化，將法國人徹底趕出越南，按你的說法，那我早就是天下第一督撫了。』

桑治平晃了晃頭：『即便如此，也祇是立功異域，在中國國內，你還是取代不了李少荃的地位。』

張之洞說：『這都不行的話，那依你看，憑什麼可以取代李少荃而做天下第一督撫？』

『眼下就有一樁天下第一大事，誰把這事辦好了，誰就將有可能成爲天下第一督撫。』

張之洞思索片刻後說：『要說眼下國家的第一樁大事，就是修鐵路了。李少荃要修津通鐵路，醇王和一批疆吏支持，翁同龢等人反對，還不知道太后傾向哪一邊。不過，即便太后同意修津通鐵路，那也是李少荃的功勞，輪不到我張之洞的頭上。話又說回來，修好一條津通鐵路，也算不上建了天下第一功呀！』

『香濤兄呀，香濤兄！』桑治平哈哈大笑起來，『人人都說你目光遠大，你也常常以經營八表爲志，可惜，你是百尺竿頭，尚欠一步。』

張之洞被桑治平笑得不好意思起來：『你說說，欠了哪一步？』

桑治平的上半身向着張之洞移了半步說：『津通鐵路不過二百多里，自然算不了很大的工程，但蔡錫勇、辜鴻銘他們提出的蘆漢鐵路全長三千二百里，粵漢鐵路二千四百里，這兩條鐵路加起來五千六百里，按修二里一萬兩銀子計劃，共需銀子二千八百萬兩。五千六百里綫路二千八百萬兩銀子，這樣的工程算不算天下第一大事？』

張之洞說：『蘆漢、粵漢這兩條鐵路是蔡錫勇他們提出的，等津通、滬杭甬等路建好之後再考慮，辜鴻銘認爲可以先建蘆漢鐵路。我想，這好比歷史上的長城、運河一樣的大工程，朝廷會有如此魄力接受嗎？』

桑治平點點頭說：『你的顧慮極有道理，但鐵路不是一年就可建好的，假定一年建四百里，八年建好蘆漢，所耗的一千六百萬兩銀子，每年祇需二百萬。二百萬祇要願意，户部是提得出的。依這個速度六年再建好粵漢鐵路，十四年後兩條鐵路就可建好。誰若主持辦好這事，誰不就爲天下立了第一大功？身爲督撫者，豈不成了天下第一督撫？』

這話說得張之洞笑起來：『仲子兄，聽你的口氣，是要我張之洞來做這天下第一事。姑且還不知太后同意不同意蘆漢鐵路這個規劃，即便同意了，我在廣州，也與這條鐵路搭不上界。這天下第一督撫，我是可望不可即呀！』

桑治平鄭重地說：『先看你想不想做這事，若是有意爲之的話，再來辦第二步第三步。』

張之洞笑了笑說：『有意爲之又怎麽樣？』

『那我們就先上一個摺子給朝廷，把李少荃修津通鐵路的設想給打掉，讓朝廷接受粵督所提出來的蘆漢鐵路的構想，這是第一步。』

張之洞認真聽着，沒有做聲。

『第二步，請朝廷將你由粵督改調湖督，主持蘆漢鐵路的興建，同時作粵漢的規劃。湖北居這兩條鐵路的中樞，你今後坐鎮江夏，穩建這不世之功。上可接林文忠公的徽光，下可承胡文忠公的遺緒。』

張之洞拊掌喜道：『這當然好極了。衹是這同意建蘆漢鐵路和平移湖督，都得由太后聖躬獨斷。自古說天意從來高難問，如何能讓太后的心思隨着我們的意願轉呢？』

桑治平說：『事在人爲。有些事看起來像是極難做到，其實若深入其間，也並非想像中的難；在於去做。』

『如何去做呢？』

『這事在廣州不能做，要到北京去。你給我兩個月的時間，一個月的旅途，一個月在京師的活動，到了京師後再相機而行。』

張之洞說：『到京師後，當然你可以去找子青老先生，還有閻丹老。可惜丹老現在衹是京師一寓公了，不妨也去和他商量商量，聽聽他的意見。』

『張中堂、閻丹老我都會去拜訪的，另外也還可以找仁權，看看他有些什麼朋友可以幫得上忙。』

『仁權這孩子老實過頭了，沒有多大的用。』張之洞摸了摸腦門說，『倒是楊深秀你可以去見見他。他去年中的進士，分發在都察院。楊深秀能幹會辦事。』

『是的。』桑治平點點頭。『有三四年沒有見到漪邨了，到了京師，自然應該去看看他。』

『還有一個人，你和他也有過一面之交，進京後你也去看看他。』

『哪一個？』

『王懿榮，準兒的親舅。他在翰林院做侍讀。』

『哦，王廉生！』桑治平高興地說，『他過去是你們清流黨的尾巴。據說這幾年用心研究古文字，在京師很有點名氣，我也很想去拜訪他。』

因爲王懿榮和清流黨，桑治平的腦中突然又冒出一條路來。

『仲子兄，你去看望子青老哥，順便幫我帶件禮物給他。』

很少見張之洞給人送禮，桑治平覺得新鮮。

『梁節庵前些天對我說，趙王街有家端州人開的硯鋪，鋪子裏收藏了一方明永樂年間五蝠獻珠硯。你和節庵一起去，把這架硯臺買過來。子青老哥平生好硯，把這臺硯送給他，他一定喜歡。』

端硯産在廣東肇慶府端州，與宣紙、湖筆、徽墨號稱文房四寶中的佳品。粵督送明永樂端硯，自然是件既合身份又名貴的禮物。

『閻丹老有風痹，你的老朋友李提摩太與廣州洋藥行熟，請他代買一些治風痹的洋藥。你忙，叫辜湯生去找李提摩太。辜湯生常埋怨無人跟他講洋話，怕把洋話給丟了，叫他與李提摩太說一天的洋話，讓他過足癮。』

張之洞這樣細心地給兩位大老安排禮物，足見他對這次進京的重視，同時也給桑治平以啓示。他想起此次要見的另一撥人，他們或許比張、閻更需要外官的敬奉。

『香濤兄，你給張萬兩銀票給我。我去相機行事，有的人是很需要這東西的。』

張之洞立即明白了桑治平的用意，帶着歉意地說：『是我考慮不周，帶上銀票是很重要的。你再細細檢索下，一萬兩够不够，要不乾脆帶一萬五吧！』

桑治平説：『一萬兩够了，這也是民脂民膏。』

『一萬也好，一萬五也好，都是我本人的私蓄。這些開支不會動用公款的，你放心好了。』

張之洞如此公私分明，令桑治平感動：『這筆銀子，説到底不是爲私，而是爲公。你作爲私款開支，自然更好。既是私人積蓄，我更要精打細算了。具體開支，眼下也説不清，從京師回來後，我再給你一個明細表。』

『將在外，君命有所不受。一切由你作主。』張之洞撫着桑治平的雙肩説，『祝你成功！』

待桑治平剛轉身出門時，張之洞又把他叫住：『帶嫂夫人一道去京師，讓她回古北口去住些日子，與親友叙叙舊。』

二　爲了一個麻臉船妓，禮部侍郎自請削職爲民

在兩廣總督衙門洋務科衆多幕友集思廣益的基礎上，由桑治平、楊鋭起草，經張之洞字斟句酌的審覈，一道長達三千餘字的《請緩造津通鐵路改建腹省幹路摺》，三天後在督署轅門前放砲拜寄。同日下午，桑治平帶着夫人柴氏在臨海碼頭登上火輪。他們取道水路，經厦門、上海、煙臺，半個月後在天津塘沽上岸，再由陸路僱騾車進京。將夫人送到古北口後，桑治平回到城裏，在南横街一家小旅館住下，展開緊張而不露聲色的活動。

第一個去拜訪的，是位居體仁閣大學士的軍機大臣張之萬。這一對主賓在京師分手已經八年了，再次相晤，張之萬已到望八之年。晚景的大紅大紫，使得張之萬雖老而不衰，紅光滿面，步履穩健，配着白髮雪鬚，真有點鶴髮童顔之狀。張之萬見桑治平年近五十，却依舊挺拔矯健，精力飽滿，也深覺事業對人生的激發力之大。兩人見面，都備覺歡喜。桑治平將張之洞的永樂端硯送上，果然，這位丹青老前輩激賞不已。寒暄之後，桑治平談起了他此次進京的意圖和打算。

『八年來，與香濤相處甚得，我常覺對他貢獻太少，有負中堂當年的推薦和他的一番殷殷相聘的誠心。故毛遂自薦，進京辦這樁事，算作一種酬謝吧！』桑治平款款説道，『我想藉重老中堂的力量，讓朝廷接受香濤所上的摺子。』

『這道摺子已到了北京。』張之萬插話，『三天前，我就在外奏事處的登記房裏看到已收到的記録。』

『第二，能讓朝廷將張香濤從粵督平移湖督，以便由他來主持這樁天下第一大事。』

張之萬半躺在軟椅上，仔細地聽着。聽到『平移湖督』這句話時，他緩緩坐起來，摸了摸胸前稀疏的長鬚，慢慢地説：『各省關於建鐵路的摺子，遵照太后旨意都先到軍機處過堂。軍機處議事時，我自然會替香濤説話，禮王爺那裏，我也可以先去打個招呼。但督撫遷徙這種事，若不是太后特爲叫軍機處發表意見，照例軍機處不敢多嘴。這是太后筷子下的一碟特菜，別人是不能下箸的。』

『這我知道，但可以造出一個機會來，讓一位太后極信任的人來點一點。而且，我已想到了能打動太后的要害之辭。』

『打動太后的要害之辭？』張之萬笑了笑，『你從没與太后打過交道，你知道什麼言辭能够打動她？』

桑治平也笑了笑，從容答道：『太后這個人，我雖没與她直接打過交道，但她的脾性，我還是略知一二的。我曾經對她的馭政之道作過用心的研究。老中堂，我給你説點心得吧！』

第十章　籌辦船政

身爲太后的重臣，張之萬自覺對這個心計甚深的女人都難以捉摸，桑治平這個布衣遠客，居然對她研究有得：是旁觀者清，還是隔靴搔癢？體仁閣大學士斂容細聽。

『這是二十多年前的事了。咸豐十年，文宗爺命左宗棠自立一軍，協助曾國藩辦理江南軍務。第二年文宗爺去世，太后秉政。這年年底，太后簡授左爲浙江巡撫，以一四品京堂越級升爲從二品疆吏，本已屬破格隆遇。不料僅隔兩年，又擢升左爲閩浙總督。四年前左宗棠還衹是一個避難曾國藩幕中的食客，轉眼工夫便與他平起平坐，而且左的楚軍也由六千人擴大到三萬餘衆，成爲別於湘軍的一支勁旅。左宗棠爲什麽能得到太后的這般重用，遷升得如此之快？僅僅是因爲他的才高會打仗嗎？』

張之萬被這一問給鎮住了。作爲曾、左時代的人，那個時候他也已進入高級官員一流了，對於左宗棠三四年之間的飛黄騰達，他的解釋與朝野普遍的看法是一樣的：左宗棠會打仗，朝廷急需這種人平叛復國。看來這位過去的幕友另有高見，且聽他是如何說的。

『要説能打仗，李鴻章並不亞於左宗棠，且出身翰林，也不過衹升到巡撫而已，直到同治六年纔正式做湖廣總督。爲何左宗棠獨獨這樣受到太后的眷顧呢？依我看，同治二年時，江南軍事大勢已定，朝廷的第一要務並不是對付長毛，而是對付在與長毛作戰中迅速膨脹的曾國藩和他的湘軍勢力。但又不能採取削弱實力的做法，而衹能採用帝王學中的另一招——制衡術。左有本事有實力，又一向不服曾國藩，尤其這「不服」二字使得左成了最好的人選。於是將左迅速提拔起來，與曾國藩相當，分庭抗禮，形成一股在長毛削平之後，穩定政局的極爲重要的制約力量。相反，李鴻章是曾的學生，便不能擢升太快。太后那時秉政不久，年紀尚輕，不可能有如此的深謀遠慮，不知誰爲她出了這個主意，那人是大清朝的一大功臣。此人對同治中興所起的作用，當不在曾、左之下。太后接受這個主意，也

足見太后的智慧不低。從後來她用醇王來制約恭王，用清流黨來制約當權派，都可見她已深知其中三昧。』

彷彿真有點説破英雄驚煞人的味道。二十多年前江寧打下後大裁湘軍，抑曾氏兄弟擡左宗棠、劉長佑叔侄的一系列反常舉措，以及這些年來朝廷内部權勢鬥爭的此消彼長，經桑治平拈出『制約』二字來，在官場中從青年混到白頭的張之萬，頓時有廓清一切之感。

他不斷地點頭説：『你看得很準很透，太后是在時時用這個辦法。就拿前幾年辦海軍衙門來説吧，既叫醇王做督辦大臣，又要派個慶王來做協辦大臣。一個是皇上的本生父，一個是她方家園的親家，這不也是用慶王來制約醇王嗎？』

『正是這樣的。』桑治平接着説，『依我看，太后這些年面對着以李鴻章、劉銘傳爲首淮軍勢力的炙手可熱，和以曾國荃、劉坤一爲首的湘軍勢力的倚老賣老，總在設法尋找一個非淮非湘，而又能獨當一面的人來培植，以便制約湘淮兩股力量。以我冷眼觀察，這個人便是張香濤。』

堂弟這些年的遷升速度確有當年左宗棠飛黄騰達的架勢，但作爲湘淮力量的制約人，張之萬倒没有從這個方面想過，經桑治平這一提醒，他有點恍然大悟似的。

『香濤這些年也還爭氣，尤其是鎮南關那一仗，打得太漂亮了。你不知道，戰前我還真爲他擔心，生怕他成了第二個張樹聲。祖宗保佑，他没有給張家丢臉。』

『所以，我以爲在今後的年月裏，張香濤將作爲文武兼資的社稷之臣受到太后的器重。故而，當有一個太后信得過的大臣向太后點明，興建鐵路尤其腹省幹綫乃是國家的第一等大事，這樁事若讓湘淮兩個圈子裏的任一個人來做，都會因此而更助長他的聲望，從而使得重量傾向一方。衹有讓張香濤來

做，纔能讓他挾此事功，成爲真正能制約湘淮的第三大力量。若能如此，大清江山將可厝於磐石之上，至少二十年內可保平衡。』

張之萬離開軟躺椅，一邊踱着步，一邊說：『你這話是計慮深沈之言，祇是得由誰去向太后挑明呢？我是他老哥，自然不合適。醇王爺格於他的身份，不宜講這等話。其他人，有能和太后做這種談話的，太后未必信得過他；太后信得過的人，又未必有這個機會。』

『有一個人，太后信得過，他也會樂意爲張香濤去當說客，但眼下缺少與太后見面的機會。』

『哪一個？』

『閻丹老。』桑治平答。

『要說太后對閻中堂，雖然也有過不愉快，但我知道，從心裏來說，太后是很敬佩他的。接受他的致仕請求，却又挽留他住京師，每個月派御醫登門兩次爲他拿脈診病，從太醫院那裏給他取藥，本朝尚無先例。祇是他既不在軍機處，要見太后就十分之難了，怎麼能有進言的機會呢？』

桑治平說：『張香濤知他風痹嚴重，特爲從洋人那裏購來了最新的治風痹良藥。明天我去拜訪他，先把藥給他送去。』

『也好。你先去看看他，瞭解下他的近況。過幾天，我親自去見見他。若有可能的話，我們兩個老頭子爲香濤來謀畫謀畫。』

第二天，桑治平由張府僕人帶路，來到猫耳衕衕閻宅。

猫耳衕衕是一條很小的衕衕，衕衕裏祇有十幾座老舊的小四合院，閻敬銘所住的院子就是其中的普通一座。不但外面不起眼，裏面也一樣的灰暗逼仄，若不是張府僕人導引，桑治平尋遍京城，也不

第十章　籌議幹綫

會想起會在這種衕衕宅院裏，找到一年前還是協辦大學士戶部尚書軍機大臣的閻敬銘。八年前去解州書院拜訪的那一幕又重現在眼前，對比數百步外的豪宅大院高車駟馬，桑治平禁不住感慨唏噓。

『去年當然不是住在這裏，那院子寬大些，衕衕也大些，因爲一天到晚有不少人來，主要是方便客人。現在不在位了，也没有幾個顯貴的客人來了，要那大院做什麼，這也就足够了。』當桑治平疑惑地發問後，閻敬銘平淡地解釋。

一個三十餘歲不脱莊稼人本色的黑瘦漢子過來沖茶，桑治平認得，這就是那年陪着進京的閻敬銘的侄孫。閻敬銘指着侄孫說：『過去的男女僕人也全都打發走了，祇剩下他們兩口子跟着我，做點茶飯漿洗的雜事。』

京城哪一位退下的大員不依舊是鐘鳴鼎食奴僕成群，閻敬銘如此不合時宜，怪不得在官場裏混不長久！桑治平在敬佩之餘不免生出幾分憐恤來。

『你這次爲的啥事進京？張香濤還好嗎？』閻敬銘仍然是一口帶着濃重鼻音的陝西口音。桑治平心裏想：他這樣瓮聲瓮氣地說話，慈禧聽了不煩嗎？嘴上忙答道：『我來京師，是爲兩廣辦點公務的。張香濤很好，他常惦念着您，知您有風痹，特爲從洋行裏買了些西藥，叫我送給您。您試着喫喫看。』

說着，打開隨身帶來的布包，將一個尺餘長寬印着幾排洋文的白紙盒遞了過來。閻敬銘接過，打開紙盒蓋，裏面整整齊齊排列幾十個雪白的玻璃小瓶，取出一個小瓶子看時，內裏裝着百十顆黄豆大的小丸子。

『怎麼個喫法？』

『每天早晚各一次，每次四粒。一個瓶子一百粒，可喫十二天，這裏有二十四瓶藥，差不多可喫一

年。』

『勞香濤費心了。』閻敬銘笑了笑說，『蕭太醫很怕洋藥，看來這個藥還衹能偷偷喫，不能讓他知道。』

叫任孫收好藥後，閻敬銘笑眯眯地問：『你來京師辦什麼公事，機密嗎？』

桑治平答：『也不是什麼機密事。眼下爲着要不要修鐵路的事，各省都在發表自己的看法，張香濤集合衙門幕友也在探討這個事。大家都說，鐵路是致中國於富强的大好事，並且提出一個大膽的設想，爲此專門上了一道長摺給朝廷。』

『大膽的設想？』閻敬銘微笑的臉上佈滿皺紋和褐色老年斑。『設想什麼呀？』

『張香濤和粵督衙門的幕友們認爲，中國有一條大鐵路要修，即從北京到廣州，把這條大鐵路修好了，中國南北就通了。京廣鐵路好比人身上最大的一條主血脈，這條血脈一通，人就生龍活虎了。』

『好！』閻敬銘昏花的老眼裏突然射出光亮來。『這真是一個石破天驚的大設想，張香濤爲朝廷出了一個好點子！』

不待桑治平點明，閻敬銘已明白他此次進京的意圖：『我知道，你此次是負着張香濤的重託，來京師遊説當路者，讓他們爲這個設想説話。』

『正是的！』桑治平興奮地說。

『可惜，我已不當路了。』閻敬銘邊説邊用手按壓着大腿，顯然是風痹的原因：因坐久了大腿發脹。

『不過，我可以爲你出個主意。』

桑治平忙說：『請丹老賜教。』

閻敬銘說：『據我看來，太后表面上討厭洋人，心裏其實很看重洋人，洋人說的一句話，抵得上文武大臣的十句百句話。修京廣鐵路這樣的大事，若僅張香濤一道摺子，太后很可能會被建這條鐵路的困難所嚇住，不會同意。若有幾個洋人，尤其是英、法這些强國的洋人也說中國宜建這條鐵路，太后就會心動了。據說張香濤的幕府中有好些喝過洋水的人，叫這些人用洋文洋名在幾家外國報紙登幾篇文章，那就起大作用了。』

『用洋文洋名』，這不是明擺着叫中國人冒稱洋人嗎？這不是與聖賢『誠實不欺』之教大相徑庭嗎？儻若這句話，從時下的一般官員口中說出，自是毫不足奇，但却由這位丹老口中輕輕鬆鬆地說出，却令桑治平頗爲喫驚。然而也就在這一刻，他突然意識到，自己對這位傳奇式三朝元老的所知，或許僅衹皮毛而已！

『丹老，外國報紙上的文章，太后是怎麼知道的？』

閻敬銘微笑着說：『總署裏有一個翻譯館，館裏也有十幾個深懂洋文的譯員。這些譯員什麼事都不做，天天讀外國的報紙，遇有議論中國的事則譯出來，送給總署大臣，再由總署大臣揀大的送給太后親自過目。太后每天上朝之前要看一個小時總署送來的譯文。』

啊，原來慈禧並不蔽塞寡聞！

看到閻敬銘再次按壓大腿，桑治平不敢久坐了。他起身告辭，急忙奔到仁權家，要仁權將閻敬銘的建議用電報發往廣州。

將拜訪閻宅的情況稟報張之萬後，在仁權的陪同下，桑治平看望了王懿榮。

這個未來的甲骨文之父至今仍屈居於中下級京官之列，翰林清貧，加之他兩年來身患腹脹之病，

藥資耗費不少，家境頗爲蕭條。桑治平拿出五百兩銀票來，說是妹婿所贈。妹子已去世八年了，妹婿還念及舊情，重金相贈，王懿榮很感激。因爲是至戚，桑治平將進京的意圖毫不隱瞞地告訴王懿榮，並坦率地對他說，希望藉助當年清流的力量，爲張之洞謀求支持。

王懿榮沈吟片刻後說：『好！今天天晚了，明天一早，我們僱個騾車到西山去一次，我陪你去看一個當年清流中的重要人物。』

『誰？』

『明天在車上我再跟你說吧！』

王懿榮有意賣了個關子。喫完晚飯，仁權回家去了，桑治平則和王懿榮閒聊京師官場士林。夜裏，桑治平躺在王家書房的單人木床上，將往日清流名士們排了個隊，卻始終拿不準眼下住在西山的是哪一個。

第二天，是北京秋日的一個好天氣，陽光和麗，藍天高爽，想起西山此刻正是紅葉浪漫的時節，桑治平便歡喜難耐，轉念又想：這位翰林老弟怕是藉看人爲由，邀我秋遊西郊？坐上騾車後，王懿榮笑着問：『你想得出，我今天帶你到西山去看誰吧？』

桑治平搖了搖頭。

『當年與四爺齊名的翰苑四諫之一的寶廷。四爺放外晉撫不久，他也擢升爲禮部侍郎。』

啊，原來是滿洲第一才子寶竹坡，當年京城赫赫有名的清流黨，桑治平怎會不知，衹是沒有見過面罷了。

『他在禮部做侍郎，爲何又住在西山？是不是西山有別墅，他這段時期在西山養病？』

王懿榮笑道：『哪裏養什麼病，他早已不是侍郎，隱居西山兩三年了。』

『這是怎麼回事？』

『你聽我慢慢地說吧！』

於是，在通往西山的古道上，在騾車清脆的銅鈴聲中，王懿榮爲遠道客人講敘了一段清流黨人中的風流故事。

三年多前，黃帶子寶廷以禮部侍郎的身份出任福建鄉試主考。鄉試完畢，寶廷離開福州北上回京。這一天，來到浙江衢州府江山縣。江山縣風景秀麗，尤其是流經境內的衢江兩岸更是山清水秀，風光如畫。載舟泛衢江，便成爲江山縣的一大特色，向爲文人雅士所稱道。船家爲了攬客，常以年輕的女人作誘餌。這些女人打扮得漂漂亮亮的，都能唱幾曲歌子，彈兩手琵琶。她們賣唱也賣身，多花幾個錢，大白天裏也可在烏篷蓋着的艙裏陪遊客睡覺，故而好色之徒趨之若鶩，江山船妓也便豔幟高張。這寶廷本就是一個極好女色的文人，早聞江山縣有這等美事，遂有意在這裏玩樂玩樂。他悄悄吩咐貼身僕人，去尋找一家有着最美女人的船户，不管他開價多少，都可以。僕人很快便給他找了一隻船，船上有一個能歌善舞的美女，白天陪他看兩岸風光，晚上在船艙伴宿，一天一夜收白銀三十兩。寶廷主考福建，放榜後新舉人們合夥湊了一千五百兩銀子送給他作程儀，三十兩不過區區小數，他滿口答應。

第二天一清早，寶廷帶着僕人上了船。這個船比別的船都大，船板船艙都像新油漆過似的光亮亮的。船上的各種器具也都整齊乾淨，駕船的是一對五十開外的老夫妻，對這個捨得出大價的遊客兼嫖客十分殷勤。自然，最令寶廷開心的，是那個濃妝豔抹、打扮時髦的船妓。這女人大約二十五六歲，

高挑而豐滿，美麗而妖冶。特別是那一對三寸金蓮嬌嬌小小，托在手掌裏都嫌纖弱。寶廷是滿人，家裏的福晉也是滿人，滿人不裹脚，故而在寶廷的眼裏，小脚更顯得可貴。那女人邊彈邊唱，琴聲婉轉歌喉甜美，說起話來，一口軟綿越語，又溫又柔，如糖似蜜。寶廷完全被這女人給迷住了，哪有心思去看兩岸的風景，一雙眼睛總盯着船妓眨都不眨一下。天色尚未斷黑，便擁着那女人進了艙，一夜顛鸞倒鳳，銷魂蕩魄，寶廷似乎平生沒有這樣暢快過。他決定將她買下來，帶回京城去。

『姑娘，我是當朝的禮部侍郎，聖祖爺的後裔，你願意跟着我嗎？』

姑娘被嚇懵，瞪着一雙大眼睛藉着閃來晃去的豆油燈，將眼前這位年過半百的單瘦嫖客，從頭到脚仔仔細細地看着，心裏想：禮部侍郎，聖祖後裔，這可能嗎？這大的官，這尊貴的身份，他會來江山縣嫖船妓嗎？她驚疑萬分地搖了搖頭。

『你是不同意，還是不相信我說的話？』

寶廷平靜地笑了笑。那姑娘還是衹瞪眼看着，不說話。

『我給你看樣東西。』

寶廷從隨身帶的藍布包裏取出一段三寸長一寸寬厚的銅柱來，悄悄地說：『這是朝廷頒給我的福建正主考官銅印，不信，我蓋一個給你瞧瞧！』

說着，又從藍布包取出一團印泥來，將銅印在印泥上擦了擦，看看左右找不到蓋印的紙張，突然他靈機一動，『姑娘，伸出你的手臂來。』

船妓不知他要做什麼，順從地將手臂伸過來。寶廷捲起她的袖子，將銅印往她的手臂上一壓。立時，姑娘雪白的手臂上現出幾個鮮紅的字來。姑娘識得一點字，看那上面果然印着『欽命福建鄉試正主考關防』十一個字。

果然是一位貴人！這船妓從十六歲開始便做皮肉生意，她做夢都不敢想在這種場合上能遇到如此貴人，真是可遇而不可求呀，老天爺送來的好運，豈可讓它失掉。姑娘忙磕頭說：『若大人不嫌我卑賤，我一世做牛做馬侍候你。』

寶廷笑道：『不要你做牛做馬，要你做我的姨太太。』

姑娘歡喜無盡地說：『能給大人做姨太太，是我三生修來的福氣！』

寶廷摸着姑娘的臉蛋說：『船上老兩口是你的父母嗎？』

『不是，我八歲上被人賣給了他們。』

『你看，我從他們手裏買下你，會要多少銀子？』

姑娘愣了一下說：『這個我不知道，他們一定會要大價錢的。』

寶廷沒有做聲。

姑娘急了，忙說：『如果他們要價太高，我會幫大人說話的。我死活要跟你走，他們說不定會把價降下來的。』

寶廷笑了笑說：『難得你一番好意。』

第二天清早，寶廷就向船主提出要買走姑娘。

船主問：『她本人同意嗎？』

『同意。』寶廷答。

船主想了想說：『你拿一千五百兩銀子來吧，一手交銀一手交人。』

僕人在一旁聽見，嚇了一大跳，忙把主人拉到一邊，偷偷地說：『大人，你不能買這種女子，以後讓人知道了，多不好！』

寶廷一本正經地說：『買妾是常事，有什麼不好？青樓女都可以買，船家女就不能買？』

僕人又說：『即便要買，也要還個價呀！一千五百兩，這價出得太高了。』

寶廷笑道：『你不知道，這女子是無價之寶，一千五百兩不貴。我主考一次福建，都得了一千五百兩程儀，她還比不得我一次主考嗎？退一萬步，就算没放這個差，我没得這一千五百兩程儀嘛！』

僕人無奈，祇好不做聲了。寶廷痛痛快快地交給船主一千五百兩後，高高興興地帶着船妓繼續上路。途中的某一天大清早，他突然發現，剛洗好臉未及化妝的船妓臉上長着十多顆淺麻子。那女子見寶廷看出了她的毛病，十分羞愧。寶廷却不以爲然地說：『你這麻子淺，多搽點粉就行了，我與你相處十多天了纔看出，别人誰會知道我娶了麻女？』

後來寶廷刻印自己的詩集，命名爲《一家草》。因爲江山縣的這種船業以九家船户最爲著名，浙江人稱之爲江山九姓。於是有好事之徒以此作聯：『宗室一家名士草，江山九姓美人麻。』

寶廷並不在乎别人的訕笑，將這個麻美人當作無價寶看待。到了京師後，先在西山買了三間房子，讓麻美人住，自己常來西山與她相會。後來此事終於被人發現，京城里弄得沸沸揚揚的。寶廷於是乾脆上了一道自劾摺，說身爲宗室侍郎，在奉命主考期間嫖船妓，又買之爲妾，實屬有違聖命，有辱斯文，請朝廷准予辭職爲民，以肅言箴以儆來者。慈禧也深恨寶廷太不爭氣，便真的將他削職爲民。福晉和兩個翰林兒子也以他爲羞，於是寶廷索性離京長住西山，與麻美人厮守在一起，這一住便是三四年了。

『真正難得的一段風流佳話！』桑治平聽完王懿榮的故事後快活地大笑起來。『想不到張香濤當年的清流朋友裏還有這等性情中人，想不到宗室中還有這樣不愛高官愛美人的風流名士！如此有趣的人，我真想結識結識他。』

王懿榮也很高興地說：『馬上就要到了，你可以在西山多住幾天，和他說個透！』

三　經閻敬銘點撥，慈禧重操制衡術

說話之間，騾車拐進了山村小道，四周盡是黄黄紅紅的樹葉，連茅草也被映得火亮亮的。西山，果然已被它獨特的秋景所包圍，與塵土飛揚人聲喧囂的市廛相比，眼前的西山真是神仙居住之處。

王懿榮指着前面的幾間簡樸的泥木房說：『寶廷和他的麻美人就住在這裏。』

他們剛下騾車，就見屋子裏走出一個面容清癯的半老頭子來，一身布衣布履，頭上戴的也是一頂布帽子。他朝騾車看了一眼後高聲招呼：『稀客，稀客，我聽見騾鈴聲，知有客人來了。原來是你王廉生，你可是難得來的呀！』

王懿榮也笑呵呵地說：『你是西山之主，這麼美的西山紅葉，也不發個帖子請我們來玩一玩。』

說着走近了，王懿榮指着桑治平介紹：『你知道這位是誰嗎？他就是這幾年協助張香濤成就大業的桑治平桑仲子先生！』

寶廷滿臉笑容地說：『早就聽說張香濤身邊有個了不得的桑先生，今日能在西山與您相見，幸會幸會。也不必進屋了，就在這坪裏坐吧！』

桑治平也笑道：『久仰竹坡先生大名，有緣得見，足慰平生。這坪裏最好，一邊暢談，一邊欣賞

西山秋景。』

坪裏擺放着幾把木桌木凳，大家坐下。一陣山風吹來，夾帶着幾聲雀兒啼叫，頓覺心曠神怡，渾身清爽。

寶廷朝屋裏喊道：『水妞，來貴客了，快端茶點上來。』

王懿榮悄悄地向桑治平使了個眼色。桑治平明白，這水妞就是剛纔説的江山船妓了。

水妞出來了，手裏端着一個大木盤，盤子上放着茶盃、菓點等。桑治平仔細地看着這個女人：豐腴勻稱，五官端正，臉上笑意盈盈，或許忽聞客至來不及化濃妝的緣故，當她走近桌邊時，明顯可見臉上的麻子。桑治平心想：即便除開麻點不論，要説這個女人多麼美豔迷人，似乎過分了點，這種女人多的是。她到底憑藉什麼將寶竹坡迷戀到神魂顛倒，以至於連官位家室都不要了呢？想到這裏，桑治平越發覺得眼前這個宗室可愛起來。在許多人看來，此乃典型的不足爲訓的放浪行爲，可他却能頂得住壓力，受得了寂寞，守住這個麻女怡然自得地生活着。這種與世俗爲敵的勇氣和耐力，顯得多麼難能可貴！桑治平想起張岱説的兩句話來：『人無癖不可與交，以其無深情也；人無疵不可與交，以其無真氣也。』這話雖被視爲驚世駭俗的怪誕之言，然衡之於世人，又的確如此。這位寶宗室可謂癖惡疵大，然而却又是真正的有深情有真氣的人。桑治平的確樂意與他做朋友。

『仲子先生，這裏不比城裏，没有好東西款待，將就喫一點。』正在桑治平神思遐想的時候，寶廷給他遞上一片野梨。

桑治平接過，順口問：『竹坡兄這幾年過得還好嗎？』

『馬馬虎虎也還過得下去。』寶廷一邊嚼着野梨一邊説，『我就好喝酒，這個毛病到死都改不了，

故而日子過得拮据。』

桑治平想起隨身帶的銀票，便摸出一張來遞給寶廷：『這是一千兩銀票，是張香濤送給你的。他説他做督撫七八年了，從來没有對過去的朋友有過絲毫資助，心裏有歉意。竹坡兄，看來你正需要它，你就收下吧！』

寶廷並不推辭，立時接過説：『這是張香濤送給我的銀子，我有什麼收不得的？何况我這幾年缺的就是這東西。』

説着又掉過頭對裏屋叫道：『水妞，張香濤送銀子給我了，你出來一下。』

水妞又出來了，笑吟吟地從寶廷手裏接過銀票，向桑治平深深地道了一個萬福後，捧着銀票又款款地進了內室。

看着水妞左右擺動的細長腰肢，桑治平看到了這個女人與衆不同的風韻，他似乎突然明白寶廷被她迷住的奧妙所在。

桑治平不由得讚嘆：『竹坡兄，你真好艷福，有個這麼年輕漂亮的太太。』

『不是太太，是姨太太。』寶廷大大方方地糾正。

王懿榮笑着説：『在來的路上，我把你們兩人的故事説給仲子聽了。他高興得不得了，連連稱讚你是性情中人，真名士，願意與你做朋友。』

寶廷喜道：『看來仲子也是個性情中人，我很樂意有你這樣的朋友。我跟你説句大實話，你別看張香濤是個八面威風的總督，於性情中事，他比我决不遜色！』

説罷，自個兒哈哈大笑起來。桑治平、王懿榮也跟着笑了。王懿榮説：『竹坡，我問你一件事，

你要對我說實話。』

『什麼事？』

『你那年帶着姨太太回京師，爲何一定要自劾，而且自己提出要朝廷准你削職爲民。無論宗室裏，還是卿貳一級的官宦中，買妓做妾的都大有人在，讓人說說議議一段時候，興頭一過自然也就風平浪靜了，有的人乾脆來個不承認，反說人家誣陷大臣。你怎麼這樣膽小怕事，難道你真的認爲自己是有辱朝廷嗎？』

寶廷笑着說：『你看我像個膽小無主見的人嗎？』

王懿榮說：『就是看着不像，我纔有這個疑問。』

寶廷收起笑容，過了好一刻纔開口：『你是我過去的清流朋友，仲子和我一樣是個性情中人，當着你們真人，我不說假話，我對你們說實話吧！』

寶廷端起手邊的茶盃來，喝了一口，對着兩個聚精會神的聽衆繼續說：『我原本也並沒有想爲這件小事自劾的。帶着水妞走到山東的時候，突然聽到張幼樵充軍新疆的消息，心裏大喫一驚。到了通州，又聽人說陳弢庵降五級處分，已回原籍福建去了，心裏好一陣難過。回到家沒幾天，又聽說吳大澂與俄國人勘定邊界受辱而回，京中官場對他倍加奚落。這一連串的壞消息，使我突然醒悟過來。我自思前些年也愛放言高論，得罪過不少人，張、陳、吳都是被人誘進圈套，跌到陷阱裏去了。看來，這不僅僅衹是對他們三個，而是對清流黨的算計。李中堂、潘部堂都不在軍機處了，保護傘已失去，說不定哪天自己也會糊裏糊塗地進了別人的圈套而不自知，何不索性藉這事來跳出是非圈。兩位，實話告訴你們，我寶竹坡用的是苦肉計，以自污來免禍，苟全性命於亂世。』說罷苦笑起來。

王懿榮說：『原來如此！看到這幾年清流凋零的現狀，我也猜到幾分，衹是不能坐實罷了。』

寶廷說得興起，指着不遠處一個棚子說：『你們看那是什麼？』

桑治平順着手勢看去，茅草棚裏放着一個大木器，像是棺材，卻又比通常的棺材大得多。

王懿榮也不知道那是什麼。

『告訴你們吧！那是一口可裝兩個人的棺材。』寶廷爽朗地笑道，『這全是黃體芳那促狹鬼害的。』

黃體芳現爲通政使，早些年也是清流中的一員幹將。王懿榮和他很熟，桑治平也知此人。

『黃體芳說，你每次彈劾別人，都聲言不畏死，並曾買過一口白木棺材寄在龍樹寺，這事太后早已知道。說不定你這次自劾，太后會賜你自盡。你爲船妓而死，船妓自不當獨存，故要死就會同時死兩個，不如乾脆先定做一個可盛兩屍的大棺材。過去你是爲義而不畏死，而今是爲情而不畏死，普天下都仰慕你是個漢子。我聽信黃體芳的話，果然做了這口可盛雙屍的大棺材。不料太后並沒有叫我死。我拿這口大棺材真沒辦法。要賣出去吧，哪家會買這樣的棺材，準備一天死兩人？要劈掉當柴燒，大清律有規定，劈柩有罪。衹好供在這裏，今後惟有慢慢讓它腐爛好了。』

說罷又縱聲大笑起來！

世上居然有這等胸襟的人！桑治平望着這位滿洲絕無僅有、天下罕見其雙的名士，不覺從心裏爆發出酣暢淋漓的笑聲來。

三人快樂地大笑一陣後，寶廷說：『不說我的那些無聊事了，仲子，談談張香濤吧。你從廣州到京師，又從城裏來西山，想必有大事，說說你們的事吧！』

在這樣胸無城府、曠達脫俗的人面前還有什麼可隱瞞的，桑治平將他心中所想的一切毫無保留地

全部掏了出來。

寶廷平靜地説：『自光緒二年張香濤從四川回京，到光緒十年張幼樵、陳弢庵獲罪，這八九年間是京師清流最活躍的時期。那時國有大事，清流必集會商討；參摺朝上九重，犯官夕入詔獄，是何等的風光！但後來，香濤外放，潘伯寅、李高陽相繼出軍機，再到張、陳貶謫，我寶某人隱居，鄧鐵香病歸，這幾年來，風流雲散，人去樓空，京師不聞清流之名已久矣。』

寶廷這幾句話説得桑治平心裏沈重起來，是呵，今非昔比，先前震懾朝野的清流還可以藉重嗎？

『儘管清流輝煌不再，但餘韵尚存。』寶廷的語氣顯然轉變了。『李中堂現仍做着禮部尚書，潘伯寅在家養病，國家大事他還掛念着。黄體芳做通政使，他的侄兒黄紹箕在翰林院做侍講，這小黄比老黄更敢作敢爲，日後前途無量。此外，還有我們這個大學究王廉生在。張香濤是清流的驕傲，他現在有事求大家幫忙，衆人豈能袖手旁觀？這事交給我好了，我來做串通人，五六年没有集過會了，不妨藉這個題目大家再聚一聚，議一議，也讓官場士林知道，清流還在，大家做事還得留神點。』

桑治平剛要變冷的心立時被寶廷這番話燒熱了：原來這個退出官場的隱士還依然熱情如故！此時他纔明白，爲什麼王懿榮要帶他上西山來會寶廷。正在高興時，一個顧慮冒了出來。

『竹坡兄，這修鐵路是大洋務，據説當年的清流們是以談洋務爲耻的，他們會對鐵路熱心嗎？』

寶廷哈哈笑道：『仲子，你這是老皇曆了，經過甲申年跟法國人這一仗，大家都看出洋務的重要了。徐桐、崇綺等視洋務爲仇的老頑固没有幾個了，即便翁同龢等人反對修鐵路，也是别有用心，並不是反對洋務。』

『好，這就好了。』

第十章　籌議幹綫

桑治平放下心來，開始和寶廷、王懿榮細細研討每一個環節。黄氏叔侄也屬清貧之列，依王懿榮例，贈五百兩銀子。李鴻藻是個清高之人，絶不收銀，這幾年他一直遵照當年龍樹寺方丈通渡所説，服飲龍樹寺代爲炮製的丹皮茶。於是決定送三百兩銀子給龍樹寺，寺裏每三個月給李府送去五斤丹皮，直到將三百兩銀子用完爲止。寶廷説至少可以用十年，老頭子今年六十九歲了，還不知活不活得了十年。潘祖蔭也是個不收銀子的名士，他一生愛的是鼻煙壺。就叫精於鑒别的王懿榮到古董鋪給他買一對極品鼻煙壺，再貪心的古董商，喊出二百兩，也是天價了。

送銀送禮請幫忙的事，都由眼下無任何職銜在身的寶廷去辦，可以不露聲色，不着痕跡。衆人收下銀禮答應後，桑治平再一家家去走訪，代張之洞去看望他們。寶廷建議：『在萃華樓置一桌酒，大家一起見見面，聚一聚。』王懿榮認爲現在已不是八九年前的情形，清流們還是宜散不宜聚。桑治平也以不聚爲好，免得招來閒言碎語。

就在寶廷與衆清流聯繫的時候，閻敬銘也爲此事做出一個重大的決定。

一連服用十天洋藥後，閻敬銘感覺風痹痼疾有了明顯緩解：可以拄杖在衚衕裏來回走上三五次，腿脚不脹痛了，右手也可以握管作字了。號稱風痹聖手的蕭太醫開的單方，喫了一年多，並没有大的效果。看來這洋藥是真的好。老頭子因病情的好轉，這幾天裏心緒很好，故而當張之萬來看望時，兩個老搭檔興致勃勃地説了一個下午的話，趁談話投緣之際，張之萬將桑治平的那番話婉轉地説了出來。送走張之萬後，閻敬銘躺在床上思索良久。自己一個無官無職寓居京師的衰老頭子，又如何能將那些話上達天聽呢？即便想出個法子，那些話又如何既含蓄又不致很費解地來表述呢？琢磨來琢磨去，閻敬銘覺得最好的方式是面見太后。如今要面見衹有一個藉口，即要離開京師回原籍了，請求陛

辭。不是在任要員，太后能撥冗召見嗎？沒有别的路可走了，且試一試，太后實在不肯召見，那也衹能歸之於天意了。

寓居京師，原是爲了治病，現在蕭太醫既然治不好，而張之洞送來的洋藥却有效，不如回解州去專喫洋藥好了，滯留京師已無必要。儻若因此而成全張之洞的好事，也算酬謝了當年他的推薦之德，於人有利，於己無損。臨天亮時，閻敬銘終於拿定主意。他用心口述一篇情意殷切的摺子，叫侄孫記下封好，遞交給午門侍衛，由午門侍衛代送到宫中外奏事處。

出乎閻敬銘意外，慈禧在看到閻敬銘的摺子後，立即傳令，次日上午在養心殿召見。這一年多來，慈禧多次從蕭太醫的嘴裏聽到閻敬銘居所是如何的卑陋，自奉是如何的簡樸，也多次從户部堂官口裏聽到閻敬銘留下的賬目是如何的明白清晰，與部屬的交往是如何的公私分明。慈禧對這位致仕大吏有了更深的瞭解。

不要因慈禧日食萬金、揮霍數千萬兩銀子修建頤和園，就以爲她也贊同别人奢豪糜費；不要因慈禧用賣官鬻爵籠絡收買等手法來駕馭臣工，就以爲她也希望别人貪污中飽、拉幫結派，恰恰相反，歷朝歷代的專制者，從來都是將他本人與律令法規分開的。國家律令、祖宗成法都衹是對臣下而言的，他本人决不在其管轄約束之中。他本人可以窮奢極慾，却要求臣下越節約越好；他本人可以無端猜忌，却要求臣下忠誠不貳；他本人可以培植私黨，却要求臣下决不能朋比結夥。古往今來，凡專權擅政的帝王，莫不如此。慈禧就是這類人中的一個。閻敬銘不貪不慾，是難得的好官，過去的不滿早因他的致仕而消除，如今對他施行格外的優渥，正好爲文武大臣樹立一個典範。

『閻敬銘來了嗎？』第二天上午，慈禧帶着光緒，剛在養心殿東暖閣炕床上坐定，便問當值的端王

載漪。

『閻敬銘已在朝房恭候多時了。』載漪恭恭敬敬地回答。

『你去把他叫來。』

『嗻！』載漪没想到第一個叫起的便是閻敬銘。

一個鐘點前，朝房裏便坐滿了等待召見的大臣。今天共有五起，有軍機處的，有刑部的，還有外省進京的督撫。因爲知道閻敬銘是個致仕回家的人，這把年紀了，也不會再有起復的可能，對官場而言，已是個没有用的廢物。載漪衹對閻敬銘不冷不熱地打個招呼後，便熱情地與那些現任軍機督撫談天説地聊家常，再不理他了。這麽多肩負重任的人等着要見，爲何第一個召見他呢？載漪不明白太后腦中的機奥，來到閻敬銘的面前，臉上略有點笑意：『閻大人，太后叫您哩！』

太后第一個召見一位致仕回籍的革員，這是件稀罕的事，滿屋大臣都用驚異的眼光望着閻敬銘。

七十三歲的閻敬銘確實已經衰老了。他的鬚髮已全部變白，而且白得啞闇没有一點亮光，面孔瘦削，本來就粗糙多皺的皮膚上又增加了密集的老人斑，更顯得老態。他慢慢地站起來，步履沉重緩慢，略帶有點顫巍巍的樣子，好像兩條細長的腿已没有足够的力量支撑起整個身軀了。

來到養心殿東暖閣，按照規定，閻敬銘向太后和皇上行了跪拜禮。慈禧指着旁邊的一個尺把高鋪着西北毛毯的四方木墩，對閻敬銘説：『起來吧，坐在這兒説話。』

『臣不敢。』閻敬銘堅持要跪着。

『閻敬銘，你七十多歲了，又是先帝簡拔的重臣，今日陛辭，非比平時奏事，坐着説吧，也算是我和皇帝爲你送行了。』

慈禧的出格禮遇使閻敬銘頗爲激動：『臣謝太后和皇上的恩賜。』

他站起身，雙腿似覺麻木，趕緊坐在木墩上。

『一年多不見了。』慈禧望着閻敬銘顯得龍鍾的身態，關心地問，『病都好了嗎？』

『託太后、皇上洪福，這一年來，多虧蕭太醫的精心診治，風痹宿疾已好多了。老臣準備離京回籍慢慢調理。老臣這一去，便再無覲見之日了。天恩高厚，粉身碎骨不足以報答，故懇請能再見一次太后、皇上，以表老臣依戀感激之心。』厚重悶實的陝西腔，從這位土得像黃土高坡上的農夫，老得像華山深處的百歲道長的前協辦大學士口中吐出，顯得格外的質樸誠懇。

慈禧聽了這話，也頗爲感動，以難得的和藹問：『你離京以後，是回朝邑本籍，還是回解州書院？』

『臣本籍朝邑已無房屋，故打算先回朝邑，借親戚家住幾個月後，依舊回解州書院去住。』

『再給士子們講點書吧，爲國家培育人才，是一件好事。』

『怕不行了。』閻敬銘淒然地笑了一下。『臣這一年來精力已大不支了。』

慈禧聽了這話，心中憮然：『莫說你已七十多，我纔過五十，便常有精力不支之感。好在皇帝已成年，過幾個月就親政了，今後我也不再爲他操心了，國家大事就讓他自己做主。』

說罷，特意看了光緒一眼。平時，光緒陪着慈禧召見臣工，向來不說話。一則因爲馬上要親政了，二則出於對三朝元老的敬重，光緒問了一句：『閻相國你就要走了，國家大事上，你還有哪些要對朝廷說的？』

閻敬銘正愁無法切入正題，光緒這句話，恰好幫了他的忙：『老臣自離開户部、軍機處後，就不

再過問國事了，太后、皇上英明聖睿，國家大事，樁樁件件都允洽天意民心，老臣也實不能置喙。老臣祇想說一句話，眼下鐵路一事，依老臣愚見，應當修建。』

兩天前，軍機處將張之洞的摺子呈遞給了慈禧，慈禧對張之洞的建議也有興趣。閻敬銘既然說到這樁事，不妨聽聽他的看法。慈禧問：『李鴻章建議修津通鐵路，張之洞建議修腹省幹綫。你看先建哪條爲宜？』

閻敬銘答：『從對國家的作用而言，腹省幹綫要遠遠大於津通鐵路，老臣以爲當先修腹省幹綫。』

慈禧說出她的顧慮：『從京師到漢口，有三千里，需銀一千六百萬兩。張之洞提出分八年修造，每年提二百萬。你是做過多年户部尚書的人，你說說，户部每年二百萬提得出嗎？』

『提得出。』閻敬銘不假思索地回答。

這兩年來，頤和園工程因有海軍衙門的資助款子，正在大張旗鼓地興建。慈禧對此雖然很滿意，但也常聽到一些閒言閒語，有些言官的摺子中也會旁敲側擊地點到此事。慈禧希望能有一項大的工程，轉移大家對園工的視綫，讓他們看到，朝廷並非祇注意太后的住宅，更注重國計民生。她心中也傾向建一條大鐵路，但她被户部叫窮叫怕了，面對這樣一件大事，她心裏沒底。閻敬銘堅定的回答使她一時突然感到，朝廷真的不能缺少閻敬銘。他這一走，户部今後還可以每年撥得出二百萬嗎？

『閻敬銘，這些年來你實心爲朝廷辦事，我和皇帝都是知道的。你走後，我以後會想起你的。』

慈禧這兩句充滿感情的話，使閻敬銘很覺溫暖。他本來想就修鐵路的事再多說幾句，並藉這機會推薦張之洞做這樁大事。但現在不宜再說這種話了，於是說：『七年前，蒙太后、皇上不棄，召老臣來京師，這些年又得以入軍機，晉相位，享盡人間的至高尊榮，老臣肝腦塗地，不能報太后、皇上之

恩於萬一。爲朝廷辦事乃臣子本分，祇是老臣禀賦愚鈍，性情憨直，辦事多有不中意之處，尚請太后、皇上寬諒。臣走後，請太后多多保重玉體，天下臣民都仰仗太后的庇護。』

這後一句話，最使慈禧聽了舒心。慈禧最擔心的便是一怕皇帝親政後全不把她當一回事，大事小事，都自己說了算，心目中已不再有她這個聖母皇太后了。二怕文武大臣們的心全都轉到皇帝那邊去了，不記得是她給他們帶來如今的榮華富貴。三怕今後住到園子裏，沒有國事要辦，再也看不到百官匍匐在她面前惟命是從的場面了，那日子將怎麼打發？一句話，即將交出最高權力的慈禧心裏有一種隱隱的失落感。『天下臣民都仰仗太后的庇護』，這句話說得有多好！她突然發現，閻敬銘是真正忠於她的大忠臣，悔不該去年接受他的辭職。慈禧這樣想過後，立即意識到，應該在此時聽聽他這方面的想法。

『過了年後，我就再不管國事，都由皇帝自個兒處置。他也長大成年，我也放心了。』

『孩兒不懂事，還請皇額娘多加訓誡。』十八歲的皇帝深知太后這話背後的潛臺詞，不顧有外臣在旁，趕緊接話。

慈禧笑了笑說：『閻敬銘，我一向知你剛直公正。你要走了，我也要歇息了，你給皇帝薦舉幾個人吧。』

提鐵路的事，就是要將太后的思路引到用人這個點子上來。但這話要怎麼說纔能得體呢？他迅速將昨夜的思索回憶一下後禀道：

『皇上天禀聰明，有太祖太宗之風，十多年來，又得到太后的精心培育，大清將會一天天強盛興旺，這是老臣和中外文武所意料之中的事。向朝廷推薦人才，這是本朝二百年相沿的良法，臣蒙三朝特達之恩，又曾忝列內閣軍機，自是更有義不容辭的責任。得太后聖睿的啓發，老臣於此也有過一些心得。』

慈禧心想，這個倔老頭子得到了我的什麼啓發？遂認真地聽。光緒則聽得更加聚精會神。

『臣年輕時好讀史書，對前代治亂之世都極有興趣，然終不甚明瞭治世何以治，亂世何以亂，爲人君者其應世之方，處世之術，又何以有高低之別。咸豐十年文宗爺擢湘軍統領曾國藩爲江督，同治二年太后擢楚軍統領左宗棠爲閩督，爾後又擢李鴻章爲湖督。從此，湘淮楚三軍鼎足於世，互爲激勵，收長毛、捻子於轂中，固祖宗江山如金湯，老臣終於茅塞大開，佩服太后御政之高明。這治與亂，一字之差，全在於爲人君者的如何制衡。』

閻敬銘說到這裏，有意停了下來。爲了這幾句話，他昨夜很費了一番心思。桑治平所挑明的『牽制平衡術』，的確是慈禧太后從執政之初便採取的成功手腕。但這種手腕祇可由她本人做，却不能容忍旁人說。如何來表述，既讓她知道，又不使她不快呢？閻敬銘左思右想了許久，最後，他想一是還得說，二是點到爲止，神明保佑她明白纔好。儻若她明白不過來，那也無可奈何。其實，閻敬銘太過慮了，這幾句話儘管年輕的光緒根本聽不出個味道來，但慈禧已很快明白。她不希望閻敬銘說得太透，幸好，也還未說透，且看他的落脚立在哪裏。

『臣以爲大清要在二十年內確保安寧，內當重用翁同龢，外當重用張之洞。至於夷務，李鴻章老成持重，自可依畀。李、翁、張共同輔佐皇上，就像當年曾、左、李中興同治朝一樣，可無懼洋人之騷擾，長保海內之太平。』

翁同龢是光緒帝的師傅。光緒五歲時，翁同龢便爲他啓蒙授書，十三年來師徒之間有着父子般的

情誼。光緒正尋思着親政後要重用翁同龢以謝師恩，聽了這話，忙高興地說：『閻相國說得對，翁同龢當重用。』

光緒皇帝的表現，很令慈禧不悅。她心裏想：都十八歲了，怎麽還這樣不懂事！身爲皇帝，須有人臣不能測之威儀，用人大事，哪有臣子奏對時便立即表示態度的？大清這萬里江山交給他，如何能放得下心呀！

慈禧已知道閻敬銘所推薦的人選了，她不願看到皇帝再有什麽失態，必須立即結束這次召見。

『閻敬銘，你的意思我已明白了，下面還有幾起等着召見。這天氣眼看就要凉了，你回籍途中要一路保重，多穿點衣。送你人參六兩，銀一千兩，禮不重，也算是朝廷對你的一點酬勞。你跪安吧！』

『臣謝太后、皇上的恩賞，到籍後，臣再上摺請安。』

閻敬銘走出養心殿時，周圍院墻上反射過來的强烈陽光，刺得他睁不開眼。他一邊揉着昏花的雙眼，一邊暗暗想着：太后聽懂我的話了嗎？

閻敬銘的擔心是多餘的，工於心計的慈禧已聽出他的弦外之音。洋人也説中國宜在中原省區内興建從北至南的大鐵路，其看法與張之洞不謀而合。就連沈寂多年的李鴻藻、潘祖蔭、黄體芳等人居然也上摺大談修建鐵路的好處，而且主張修大鐵路，不僅要利國，而且要利民。而湖廣總督裕禄却依舊腦瓜不開竅，拚死反對架電綫修鐵路。不僅奕譞駡他頑固，就連慈禧也嫌此人太不通時務了。

光緒十五年秋天，一道改授張之洞爲湖廣總督、督辦腹省幹綫南端的聖旨遞到廣州。張之洞如願以償。他欣然接旨，立即離粤北上。此刻，張之洞或許没有料到，他從此便在江夏古城最高衙門裏，一坐便是十九年，開創有清一代湖督任職時間最長的記録。他或許更没想到，近世史册也從此將『張之洞』三字與湖廣總督緊密聯繫起來。百餘年來，歷史老人仿佛將一個錯覺刻意留給後人：一提起湖廣總督，便是在説張之洞；一説起張之洞，便想到『湖廣總督』在中國近代洋務史上的特殊地位。

一個人能與一個職位如此緊密地聯繫在一起，能給一個空洞的官職填上如此充實而傳之久遠的内容，在中國兩千餘年的官場史上極爲罕見。且讓我們來看看張之洞是如何將湖廣總督做得這般色彩斑斕、不同凡響的。

遺憾的是，張之洞踏進湖督轅門的第一天，接到的便是一份措辭嚴厲的訓諭。

第十一章　督建鐵廠

一　盛宣懷『官督商辦』之策，遭到張之洞的否定

張之洞一行取道海路，沿着廣東、福建、浙江的海運航綫北上。他素來厭惡官場的無聊應酬，何況在他現在的眼睛裏官場上更没有幾個人可以值得晤談，故而沿途各級地方官員的盛情邀請及登船拜訪等等，他一概謝絶，甚至連閩浙總督卞寶第的面子也不給。船至閩江口，福州府近在咫尺，他既不上岸進城去看卞，也謝絶卞上船來看他的好意。

張之洞的此種舉動，爲官場所少有。有説他不近人情的，有説他清高的，也有説他居功驕傲的，他都充耳不聞，我行我素。珮玉勸他不必如此固執，像上海道、浙江巡撫、閩浙總督，這些官員地位既重要，資格也老，不妨見見聊聊，衹有好處没有壞處。

張之洞冷笑道：『什麽地位重要資格老，盡是些尸位素餐之輩！』

桑治平將這一切看在眼中，心裏想：他這是在高標耿介絶俗的爲官操守呢，還是因成功而滋生了目空一切的驕慢習氣？不管如何，張之洞的待人接物已明顯地發生了變化。

張之洞充分利用這段難得的空閒，大量閱讀有關湖北湖南兩省的書籍。從歷史沿革到近世建制，從文化源流到風俗物産，從江漢荆襄往日的大事名流到晚近湖湘人物的風雲際會，他都一一裝在胸中。在他看來，這些湖廣省情要遠比言不由衷的客套話、別有所圖的殷勤款待重要得多。惟一中斷的

一次是在得知彭玉麟病死衡陽的訃聞時，他整整半天傷感不已，並親筆寫了一封悼函，寄給老將軍的親屬。

從廣州到武昌的數千里航程中，張之洞衹接見了一個人。

那一天，船在上海黄浦港剛剛停泊時，一個衣着闊綽態度謙卑的人，自稱是上海電報局的局員，有一封重要信函請轉交給新任湖廣總督張大人，希望立刻得到回音。大根對來人説：『我家大人很忙，説不定他這會子還没有工夫看你的信哩。你不要在這裏等，回去吧！』

那人説：『我在這兒等一個小時，一個小時若無回音，我就回電報局。』

大根拿着信走進船艙時，張之洞正在喫午飯。大根不想打擾四叔，正要退出，張之洞叫住了他。他衹好把信遞上去。張之洞便放下碗筷將信箋抽出。匆匆看過後，便要大根告訴在岸上等候的送信人：晚七時，在輪船上接見。

大根大出意外，興沖沖地快步下船來到岸上，對電報局的人説：『你家主人是個什麽角色？一路上的巡撫總督，我家大人都一概不見，走了幾千里，你家主人還是第一個得到召見的人。快回去告訴他，作好準備，晚七時來輪船上拜見我家大人。』

電報局局員聽了這話，喜滋滋地回去覆命了。

此人是誰，他怎麽會有這大的面子？這位使得張之洞破例召見的人，正是官居山東登萊青兵備道兼煙臺東海關監督，現任中國電報局、輪船招商局督辦的盛宣懷。

得知張之洞走海路赴任的消息後，盛宣懷特爲從天津趕到上海，住在電報局的上海分局，等候拜見張之洞。盛宣懷爲何要花這大氣力，請求與這位一路倨傲的新任湖督會面呢？是成心要巴結打敗洋

人的英雄制軍嗎？巴結之心固然有，但更主要的，是另有一番宏圖存於他的心中。

原來，這個天字第一號的長袖善舞者，正要藉助於新一任的湖廣總督，來辦成他在湖北經營已久的一項大事業。他的好朋友鄭觀應此時正在上海辦織布局。他知道鄭觀應與張之洞熟，請鄭觀應陪同他一道前去黃浦港。鄭觀應滿口答應。

盛宣懷拿出他從天津帶來的兩件價值昂貴的禮物：一個鑲金嵌玉、逢時奏樂並加上洋妞旋轉的三尺高英國造座鐘。一個佈滿一百零八顆珍珠的和闐墨綠玉如意，問鄭觀應：『這兩件禮物，一是西式，一是中式。你幫我參謀參謀，送哪件合他的胃口，或是兩件都送。』

鄭觀應笑了笑説：『你今天若是拜訪兩江總督曾國荃，則送中式的，若是拜訪閩浙總督卞寶第，則送西式的。祇不過，今天拜訪的是清流出身湖廣總督張之洞，依我看，西式中式都不要送。你送他重禮，他反而會懷疑你對他有非分之求，破壞了晤談的氣氛。不如什麼都不送，彼此都輕輕鬆鬆，反而可暢所欲言。』

『好，就依你的看法。』

正當盛宣懷在鄭觀應的陪同下，乘着電報分局考究的黃包車，穿過十里洋場一條條繁華街巷，向黃浦港奔去的時候，粵秀輪甲板上，辜鴻銘握着一張洋文報紙，興高采烈地從自己所住的二等艙向頭等艙快步走來。

『香帥，極好看的花邊新聞，你看看吧！』辜鴻銘衝着一身便服斜躺在軟皮沙發上的張之洞大聲説着。

張之洞放下手中的《荊州府志》，笑着説：『什麼好看的花邊新聞，讓我看看解解悶。』

『醇親王得了梅毒病，已病得不輕了。你看看這個。』辜鴻銘將手中的《泰晤士報》遞了過去。

張之洞接過一看，見是滿紙洋文，心裏不悅道：『哪裏撿的一張垃圾紙也來蒙我，你這是欺負我不懂洋文是不是！』

辜鴻銘見狀忙説：『香帥息怒，我哪敢欺負您，我是一時高興得忘記這是一張洋文報紙了。但這報的的確確不是垃圾紙，這是我剛在碼頭上散步時和一個英國人聊天，他送給我最近出的《泰晤士報》。』

見到花邊新聞便高興得忘乎所以，一定是個好色之徒；不過，他毫不掩飾自己的內心想法，也坦率得可愛，比起那些又要做婊子又要立牌坊的僞君子强多了。想到這裏，張之洞臉色平和下來：『到底是怎麼回事，你説給我聽好了。』

辜鴻銘笑嘻嘻地説：『報上是這麼説的，英國公使館裏一個醫生，前不久應醇王府之請，進府來給醇王瞧病。醫生仔細診斷後，明確告訴醇王得的是梅毒病。醇王大驚，説他壓根兒就没有逛過妓院，哪來的梅毒病。英國醫生説，病是梅毒，這是確鑿無疑的，若不是外面惹來的，便是府裏的姨太太傳染的。醇王説，别胡説了，我的側福晉都是規規矩矩的女人，她們怎麼可能得這種惡疾。英國醫生説，除開姨太太外，王爺還喜歡過府裏别的女人没有。這句話提醒了醇王。他想起身邊新來的一個丫鬟。一個月前，慶王盛情邀請醇王到他的王府做客。席間，一個特别嫵媚妖艷的女人，將醇王勾引得目不轉睛，魂不守舍。慶王笑着説，王爺喜歡她，就帶回府去吧！醇王很高興地接受這個禮物，當夜便帶回王府。一個月來這個丫鬟夜夜陪他睡覺，把他服侍得心花怒放。莫非是她帶來的病？醇王把這個丫鬟叫來，讓英國醫生一檢查，果然毛病出在她的身上。醇王氣得痛打這個丫鬟一頓，叫她從實

招來。丫鬟於是招供，她本是八大胡同一個妓女，被慶王府買去的第二天便被送到醇王府。醇王聽後大喫一驚，心裏想：慶王爲什麼要這樣害我呢？後來用重金買通一個常在太后身邊的小太監，纔知原來是慈禧叫慶王這麽做的。於是醇王知道自己必死無疑，從此不再請洋醫生看病了。』

『胡説八道！』張之洞生氣地説，『這一定是下三流洋痞子編造出來的！醇王府裏即便有這等事，他怎會知道？再説，太后爲何要這樣害醇王？醇王是個老實人，又不礙她的事。』

辜鴻銘依舊笑嘻嘻地説：『這事不可全信，也不可不信。《泰晤士報》是家嚴肅的大報紙，不比那些無聊小報，沒有根據的事它不會登的。爲醇王瞧病的漢姆是個名醫，他也不會瞎説。香帥，你不要説醇王就全不妨太后的事，你還記得吳大澂上表爲醇王加尊號的事嗎？』

這就是不久前發生的事，怎會不記得！

前清流名士現任東河河道總督的吳大澂給朝廷上了一道奏疏。奏疏上説，本朝以孝治天下，普通百姓尚且以本身封典貽封本身父母，何况皇上之父母，應更有尊崇之典禮。當此歸政前夕，請太后飭下廷臣會議醇王稱號典禮，以滿足皇上和百姓之所望。奏疏又提到歷史上最爲有名的宋代濮議和明代大禮議兩個典故。並以乾隆的批示爲依據，肯定了明代大禮議，即明世宗尊其父爲興獻帝、廟號睿宗的做法是對的。吳大澂的意思很明確，請封醇王爲太上皇。過幾天，一道聖旨下來，説早在光緒元年正月，醇王便有奏摺上稟兩宮太后，永不接受尊封，如日後有援明世宗之例説進者，務必目之爲姦佞小人，立加屏斥。並附着醇王當年的這道奏摺。

此事在朝廷内外引起很大震動。有人説，吳大澂一貫以清流自居，常常拿『群居閉口，獨坐防心』的自撰格言送人，看來是一個典型的僞君子，一個善拍馬屁的奸佞小人。不料這次馬屁沒拍到點子上，惹得太后惱火。

但更多人却認爲所謂醇王光緒元年的奏疏很可能是臨時僞造的，一則先前爲何從未聽説醇王有過這樣的奏疏，二則這道奏疏字字句句都是針對吳奏來的，就連所舉的前代事例，也是濮議和大禮議，難道十五年前醇王就知道吳大澂會要上一道這樣的説進摺嗎？不久從内宫傳出消息，説太后對此甚爲惱火，懷疑醇王想以太上皇的身份取代她這個已歸政頤養的太后，吳大澂是奉醇王的旨意而上摺的。太后與醇王之間的嫌隙，爲朝廷政局罩上了一絲陰影。

難道説，太后因此要除掉醇王？但用這種手段却未免太出之卑下了。太后會這樣做嗎？

正在這時，楊鋭進來禀報：『盛宣懷已到碼頭邊，等候接見。』

張之洞説：『叫他上船。』又轉臉對辜鴻銘説：『洋報上的這段花邊新聞，萬不可再對人説起。』

盛、鄭二人上了船。楊鋭先進去稟道：『香帥，盛宣懷、鄭觀應在艙外等候接見。』

『陶齋也來了！』張之洞放下手中的《荆州府志》，『叫他們進來吧！』

鄭觀應走前半步，盛宣懷緊跟在後面，二人欲行大禮。張之洞説：『都免了吧。』

説着指了指對面的沙發。

鄭觀應説：『大人榮調湖廣，杏蓀特爲從天津趕來，向大人表示祝賀。我也有兩年未見到大人了，沾他的光來拜見拜見。』

盛宣懷忙説：『職道久仰大人威名，多年來渴望拜謁。今日能蒙大人撥冗賞臉，實榮幸之至！』

『哦，你就是盛杏蓀，我也久聞你的大名了。坐吧，坐下好説話。』

趁着盛宣懷落座的時候，張之洞將他認真看了一眼。衹見盛宣懷四十多歲年紀，不僅身材矮小單薄，而且頭臉也小，眼睛細細的，下巴尖尖的，渾身上下，就像一隻猴猻似的。張之洞儘管自己長得醜而矮，却不喜盛宣懷這等長相，心裏想：難怪許多人説他是個嗜利小人，看這模樣，真的不像個大人君子。先自有了三分不悦，轉念一想：張樹聲稱讚他十個尚侍也比不上，必定有些真本事，自己不正是衝着這點決定見他的嗎？想到這裏，張之洞換上笑臉對盛宣懷説：『張軒帥可是大大地稱讚你，説你是洋務奇才。我張某人，別人可以不見，豈能不見你？』

盛宣懷頗有點受寵若驚地説：『軒帥言重了，當年他要我到兩廣去幫他架電綫。我没有去得成，心裏一直覺得對不住。没想到他不久就過世了，我難過好長一段時期。』

鄭觀應插話：『軒帥是給法國人氣死的。香帥打敗了法國人，爲軒帥報了大仇。』

『是的，是的。』盛宣懷忙説，『自從與洋人交戰以來，還没有人打敗過洋人，香帥不僅爲軒帥報了大仇，也爲我們大清國長了大威風。』

鄭觀應、盛宣懷的這幾句話，説得張之洞甚是高興。這兩年來，張之洞最喜歡聽的就是別人恭維他打敗洋人的話。『文瀾不取歸熙甫，兵略時同魏默深』，年輕時他便以文武兼資自許。文章倒的確已爲世所公認了，多少年來，他一直盼望兵略也能爲世所認可。現在有了鎮南關外大捷，這兵事上的謀略，誰敢有目無睹？五十出頭的張之洞，儘管口裏不説，心裏早已認定自己是天下第一臣了！

『盛道，你從天津千里迢迢趕到上海來見我，究竟有什麽大事？』

『職道來上海，一來是想見見大人，二來聽説大人要將爲廣東購買的鐵廠機器運到武漢來，在湖北建立一座煉鐵廠。因爲此事，職道要向大人稟報一些情況，或許於大人有點作用。』

『你是怎麽知道煉鐵廠的機器要運往湖北的？』張之洞盯着盛宣懷兩隻綠荳大的眼睛。

原來，仍被朝野公認爲第一臣的李鴻章，對張之洞一向抱有成見，即便張之洞在越南的戰争打贏了，李鴻章也認爲不過僥倖獲勝，並不因此改變對張的看法。李鴻章知道廣東無煤鐵，對於張之洞在廣東建鐵廠的想法他以冷笑待之。當他得知李瀚章要從漕督移督兩廣，便對胞兄説，張之洞這個人好大喜功，在廣東所辦的事都要細細審查，不合時宜的要堅決停辦，鐵廠不能接受，要他遷到湖北去。李瀚章雖爲李家老大，却素來慣聽老二的話，因此人尚未到任，便有急函給張之洞。離穗前夕，張之洞接到李瀚章的信。他正爲鐵廠不能帶到湖北而遺憾，此議恰合他的心意，忙回函李瀚章，表示同意。這事衹有他和李瀚章兩人知道，盛宣懷怎麽這樣快就獲知了？

『前幾天，職道在北洋衙門看望李爵相，爵相對職道説的。』

哦，張之洞頓時明白了，盛宣懷不是李鴻章一手提拔的人嗎？怎麽忽視了這一層！因爲不滿李鴻章，張之洞又對眼前這個容貌不起眼的李氏家僕生出反感來。

『筱荃嫌鐵廠是個麻煩，這事是我張某人幹的，爛攤子也衹能由我張某人收拾，我不把它帶到湖北又如何呢？』

機靈精明過人的盛宣懷，已從這話裏感受到張之洞態度的冷淡，他不敢説『鐵廠辦在廣東不合適』的話，怕觸犯了大帥的虎威。『香帥，把鐵廠帶到湖北，實在是極爲英明的決定。職道認爲，在湖北辦鐵廠，比廣東强過十倍二十倍。』

『爲什麽？』張之洞用一種懷疑的眼光打量着這個電報局兼輪船局督辦。

『鐵廠的原料一是鐵礦二是煤，這兩樣東西湖北的蘊藏量最多。』

『哦！你有確鑿的根據嗎？』張之洞的興致明顯有了提高。

『香帥，』鄭觀應插言，『杏蓀在湖北辦了好幾年的礦務。』

張之洞的雙眼裏亮出幾分喜悅的光彩，望着盛宣懷說：『難怪你對湖北的礦藏清楚，你是辦的鐵礦還是煤礦？』

『煤礦。』盛宣懷答。

『你細細地說說。』張之洞蹺起二郎腿，向沙發墊背靠過去。

『家父在湖北做過多年的官，先是在胡文忠公幕府裏做事。』

『令尊叫什麼名字？』張之洞打斷盛宣懷的話。

『家父叫盛康。』

盛康，張之洞努力回憶在胡林翼巡撫衙門所呆過的短暫時期，盛康這個人既沒見過，也沒聽胡林翼說過，大概是個地位不高的幕僚。

盛宣懷期待張之洞的熱烈回答『哦，我認識』，或者是『哦，我聽說過』。但張之洞什麼也沒說，乾等了一會，盛宣懷繼續說下去：『後來做了湖北鹽法道。同治六年，職道在武昌鹽道衙門住過一段時期，在家父簽押房裏見過廣濟縣稟禁止開挖武穴煤山的公文。此事一直存在職道的心中。』

『你那時多大？』

『二十四歲。』

張之洞心想：通常的官家子弟，這種年紀或是在書齋攻讀舉業，或是在酒樓妓院裏花天酒地，很少有人去關心百姓生計的，盛宣懷確有不同常人之處。『你那時還很年輕，怎麼會注意些這樣的

事？』

『香帥不知，職道二十餘歲纔中秀才，後來幾次鄉試都未中。或許是職道生性愚鈍，但平心而論，職道從年輕時就不樂於舉業，一向對經濟之事極有興趣。』聽出張之洞的話中帶有肯定的語氣，盛宣懷的情緒比剛纔好多了。

鄭觀應說：『杏蓀多次跟我說過，做事要做對國家有實在利益的事，當今對國家大有實益的事便是辦實業，辦洋務。』

張之洞點了點頭，微笑着望着盛宣懷。

得到鼓舞，盛宣懷開始滔滔不絕地說下去了：『職道在輪船招商局做會辦時，深以洋煤價格昂貴，所費太多爲慮。心想，我們中國有的是煤，爲什麼還要買洋人的呢？別人告訴我，中國的煤質不好，又少，不够用，所以要買洋煤。我又問，我們中國這樣大，就找不到好煤嗎？屬員說，好煤在地層深處，中國土法挖不到。如果買進洋人的機器來，用洋法開採，既可得好煤，又可大量生産，兩個問題都解決了。』

鄭觀應插話：『十多年前，中國用洋法採煤的地方衹有兩處，一處是直隸的開平，一處是臺灣的基隆，都是英國人辦的。』

『聽了這些話後，我在心裏盤算着：若是我在湖北辦一個洋式採煤的礦，不僅自己輪船公司不再買洋人的煤，而且還可以賣給別的輪船用，甚至還可以賣給在中國的外國輪船。於是我請人先行查勘，最後看中了廣濟一帶。爲確定準確位置，特爲聘請一個洋礦師，英國人，名叫馬立師。』

張之洞半眯着眼睛望着盛宣懷，問：『這個英國礦師本事如何？』

『這個洋人徒有虛名。』盛宣懷苦笑，『他鬧騰了三個月，還沒有找到好煤層。跟我說，再給他三個月時間，他一定可以找到。我看他銀子花了三萬，一點成效都不見，不知他是本事不高，還是根本就沒本事，純是騙局，我沒有答應，讓他走路。』

張之洞點點頭說：『跟洋人打交道，要多存幾個心眼。我在兩廣這幾年，就積了這個經驗。好多洋人，就仗着紅毛綠眼睛會嘰哩哇啦地說洋話，便在我們中國人面前耀武揚威，自以爲了不得，其實大多沒有什麼本事。有的是在本國混不下去了，到我們中國來渾水摸魚，有的很可能就是他們國家中的流氓、痞子、偷兒、乞丐之流。在本國衹是做孫子的角色，到我們這裏來却要做大爺！』

鄭觀應聽了這番話，哈哈笑起來。盛宣懷心想：別看他張香濤現在要辦洋務了，骨子裏還是過去那一套：把來中國的洋人如此奚落，也太刻薄了點。嘴裏却說：『香帥說得對。跟洋人打交道，是得多存點心眼，後來我就謹慎多了。我知道赫德這個人值得信任，又知他推薦的一個礦師在臺灣基隆煤礦辦理礦務有條有理，於是請赫德推薦。不久，赫德推薦了英國礦師郭思敦。郭思敦有本事，又捨得幹。經過半年的實地考察，他認定興國、廣濟、歸州、興山等地均無好煤，湖北的好煤在荆門、當陽之間觀音寺窩子溝和三里岡一帶，這裏的煤層有二尺來厚，蘊藏量爲二百萬噸。』

『二百萬噸，何爲噸？』張之洞打斷盛宣懷的話。

『噸是洋人的叫法。』鄭觀應解釋：『一噸爲二千斤，一萬噸爲二千萬斤，二百萬噸則是四十萬萬斤，即四十億斤。』

『而且煤質好，可以和美國的白煤相當。郭礦師說鐵礦也很好，蘊量大約五百萬噸；含鐵成分也很高，一萬斤鐵礦石裏含鐵十二斤，可以煉出上等好鐵。』

『大冶應該是有好鐵。』張之洞摸着下巴下濃密的半尺餘長鬍鬚說，『好幾部書，比如《太平寰宇記》《方輿紀要》都記載過大冶附近有鐵山。從三國吳王孫權起便在此地設爐煉鐵，一直到明代都不斷地有人採礦煉鐵。岳飛在此地鍛造了一批極鋒利的劍，被稱之爲大冶之劍。大冶之劍，是當時的寶劍。我看，在孫權之前肯定有人做過這種事。大冶之名從何而來？當然是源於此地曾有過大規模冶鐵之事嘛！』

兩位偏重於實業而讀書不多的洋務家，對總督的博學强志很佩服。

『制臺說得對。大冶大冶，必與冶煉有關。職道先前倒還沒有這樣想過。』盛宣懷連連點頭說，『荆當煤礦和大冶鐵礦找到後，職道決定開採，但難題也便接踵而來。』

『銀錢不够充足？』張之洞問。出任督撫以來，他纔深刻地懂得，辦任何一件實事，最先面臨的便是銀錢二字，而銀錢的籌集，真正千難萬難。

『正是。』盛宣懷說，『職道和郭礦師初步籌議，開採煤礦與鐵礦添置機器，需二十萬兩銀子，還須修建一條鐵路從煤礦到長江邊，需銀三十萬兩，兩項加起來，爲五十萬兩。當時，職道領取的銀子不足二十萬兩，且前期查勘已用去了十萬。經報請李爵相同意後，採取招集商股的辦法來籌錢。』

以發行股份的方式來集聚商人手中的銀錢，用以辦事，在廣東，並不是新鮮事，但張之洞認爲官府辦事不能這樣做。官府辦事，目的在爲民造福，商家辦事，目的在獲利。官府如果與商家糾合在一起，就會將造福變成了獲利，官府在百姓的眼中便沒有了地位。自古以來，官府做官府的事，商人做商人的事，從來沒有官商結合辦事的。官商勾結，這成何體統？

『原擬發一千股，一股一百兩銀子，結果衹發了五百股，招銀五萬兩，機器無法買了，衹得用土法

採煤。』

張之洞說：『商人是要賺錢，他沒有看到有七八成賺錢的可能，他就不會把銀子拿出來的。萬一虧損了，他的銀子怎麼辦？官府辦事用這種方法不妥當。』

盛宣懷聽張之洞這樣說，心裏愣了一下，略停片刻，他硬着頭皮，繼續說下去：『因爲缺乏資金，又因爲管理方面的一些問題，結果煤礦虧損厲害，不到一年，礦務局便關閉了。』

張之洞心想：張樹聲把盛宣懷擡得那樣高，看來也不過如此。但這次他要見我的目的是什麼？專程從天津來上海，總不是就爲了向我禀報礦務局關閉的事吧！

『盛道，礦務局關閉這幾年來，那裏還有人在採煤嗎？』

『當地的百姓仍在那裏用土辦法挖煤。因爲沒有機器，採不到底層的好煤，而且沒有官府的監督，也就沒有章法。老百姓顧自己的眼前小利，把礦區破壞得很厲害，給今後的開採帶來很大的麻煩。我知道這事後深爲可惜。』盛宣懷以熱切的眼光望着張之洞說，『香帥，職道這次之所以來打擾您，就是爲了這湖北的煤礦事。我想請香帥到了湖北後，立即下達一個命令，就如當年湖北巡撫衙門的禁令一樣，嚴禁荆門、當陽一帶老百姓擅自開挖煤礦。香帥，職道這個建議，純是爲了國家爲了湖北。那樣好的煤區，據說現在已糟踏得不成樣子了，若再挖幾年，就會全部毀掉。』

從盛宣懷的神情上，張之洞看到一種發自內心的誠意。這種誠意源於一個人對自己的所愛而生發的珍惜之心。好比說一個古董愛好者，看到一件珍稀古董被破壞，儘管這件古董不是他的，他心裏也很痛惜。又如一個塾師，看到一個聰穎的孩子不能上學，心裏也很痛苦，與這個孩子跟他之間的關係無干。張之洞是個古董愛好者，也做過多年的學政，他常有這種心情的產生，因此很能理解盛宣懷的

這種情感。他相信盛的話不是做作的。

『你放心好了，這件事，我到武昌便可以做，而且我很快會把這礦務局恢復起來。要辦鐵廠，先得要有鐵和煤，恢復礦務局還得先行一步。』

『香帥說幹就幹，真是雷厲風行。』盛宣懷高興起來。『郭礦師是個很優秀的人，他早已回英國去了。如果香帥需要的話，我可以寫信請他再來中國。』

『好。』張之洞爽快地說，『我相信你的眼光，到武昌後，我再跟湖北的撫藩臬商議商議，到時再請你幫忙。』

『職道理應効勞。』盛宣懷說，『剛纔香帥說，立即恢復礦務局，實在英明。雖說當年因銀錢不够，沒有添置足够的機器，但還是買了一些器件，發電機、鼓風機、膠皮車等，後來都堆放在倉庫裏鎖起來了。礦務局一旦辦起來，這些就全部送給礦務局，不收分文。』

『那就先謝謝你了。』張之洞笑着說，心裏想：此人器局還不窄小，怪不得這幾年電報局、輪船公司都辦得不錯，真正有所作爲的商家也不能事事斤斤計較。

盛宣懷此行的真正目的，是勸張之洞將湖北的礦業交給他，由他來實行招商集資，重操舊業。盛宣懷相信，如果這樣的話，他有十足的把握能把湖北的礦業辦得紅紅火火。這是因爲第一，五年後的今天他已積累更多的經驗和更多的錢財，各方面的實力雄厚了。其次，比起五年前，買股份的風氣在中國更加盛行，而且也有一批發了財的商人，故前來認股的人會遠比先前的多。還有更主要的一點是張之洞在湖北辦起了鐵廠，煤和鐵礦有了固定的買主，礦務局的生意包賺不虧。這樣的發財好機會，真是可遇而不可求，他怎能不抓住？

剛纔對招商集股的辦法，張之洞明白地表示不同意，這樁事還提不提呢？盛宣懷雖是一個最善於察言觀色、看風使舵的乖巧人，但也是一個拚命追求成功的執著者，集商股的辦法本就是從洋人那裏學來的，中國官府要員們難得接受，是不奇怪的，關鍵是他們還不明白它的好處。張之洞是個明白人，若對他說清楚，他應該會支持。想到這裏，盛宣懷壯起膽子說：『職道無能，在湖北辦了三四年礦務而沒有成功，但職道經過上次的挫折後也積累了幾條經驗，也算是前車之覆，可作後車之鑒吧！』

張之洞對這句話很感興趣：『有哪幾條經驗，你說給本督聽聽。』

盛宣懷說：『這第一條經驗，要慎選礦師，馬立師這人因爲沒有選對，不僅一無所獲，還害得我躭擱三個月時間，丟了二三萬兩銀子。郭礦師則發現了埋在地下三四百丈的寶貝，這樣有真才實學的礦師，不妨付給十倍八倍的俸金，因爲他爲我們所創造的財富當以十萬倍百萬倍計。』

張之洞點點頭沒有做聲。盛宣懷繼續說：『第二是慎選礦區。最好的礦區是蘊藏量大，品質優良，而且要考慮到運載的方便；運載不便，得事爲修路架橋，耗資就大了。』

張之洞仍沒做聲，但看得出他在認真地聽。

『最後我想向香帥詳細稟報一下，礦務局宜採取官督商辦的形式。』

『官督商辦？』這個名稱顯然使張之洞感到陌生。他放下蹺起的二郎腿，不自覺地前傾着上身問。

『是這樣的，香帥。』盛宣懷解釋，『官督，就是由官府來監督。礦務局的大計決策都要稟報官府，由官府定奪。商辦，就是由商人來具體操辦。因爲開採礦藏是一樁投資巨大的事情，採取集股的辦法則可以較快地籌集大筆資金。』

『盛道，』張之洞打斷他的話，『集股事，你不是試過不靈嗎，爲何不吸取教訓，還要再用這個辦法？』

『香帥，』盛宣懷耐着性子說，『剛纔我在說到集股事時，還沒來得及說明它的另一大好處，即集股除可籌集資金外，還有更重要的優越，便是將礦業的虧損與辦礦人的利益緊密聯繫在一起。洋人的通常做法是，凡買股的人都是股東，由一批大的股東組成董事會，由董事會推選出能幹的人來經營，錢賺得多，股東們分紅就多，虧損了則大家喫虧。這樣，就使得他們衹能賺而不能虧。如果由官府來辦，錢由藩庫支出，賺和虧都與經辦人無關，他們就不會好好操辦。』

『盛道，你這話不對。』張之洞斥責道，『由官府委派去辦礦務局的，當然是選品行好、操守好的人去，藩庫的銀錢都是老百姓的血汗錢，一不能貪污中飽，二他應該知道要把事辦好，怎麽能說，賺和虧都與他無關呢？一年到頭，官府要辦的事很多，都是由各級衙門委派的人去辦。照你說的，事事都得由董事會來推選，否則便辦不好？如此，還要官府做什麽？』

張之洞咄咄逼人的口氣，很有點使得這個官居道員身負重任以能人自許的洋務派受不了，但爲了遠大的目標，盛宣懷壓下心中的不悅，極力擠出笑容來辯解：『香帥，這辦洋務的事，與過去官府辦差有所不同。官府辦差不與生財有關，且不擔風險，而這不同……』

『有什麽不同？』張之洞立即打斷盛宣懷的話，『牙局、厘卡，不都是與生財有關嗎？還不都是由官府在辦，要什麽董事會？』

盛宣懷被這幾句話堵得語塞。張之洞本不想再理睬了，看他畢竟是遠道專來拜訪的客人，說的都是關係湖北國計民生的大事，於是又說了幾句：

『盛道，你有沒有想過，這埋在地裏的煤和鐵礦都是國家的財富，商人怎麽可以拿國家的財産來爲自己謀私利呢？開礦採煤煉鐵，這樣的大事，當然祇能由官府來做，取之於國，用之於國，決不能讓那些貪得無厭的商人們來染指。他們想利用國家的財富來發自己的財，在別人手裏或可行得通，在我張某人的手裏，辦不到。』

盛宣懷聽了這話，滿肚子裏都是委屈。他很想細細地向這位想辦洋務又不懂如何辦洋務的總督大人說清楚：煤和礦是國家的財産，不錯，但埋在地裏，不挖出來利用就不是財富。商人固然是要謀利的，但他在謀利的同時，也爲國家帶來了利益，這種謀利，官府應當支持。集股就是把分散的閒置在民間的銀錢融聚起來辦事，這是一種很好的辦法，尤其是國家銀錢緊缺時，更要多採取這種形式來辦大事。但是，他聽說張之洞固執剛愎，這兩年更以英雄自居，聽不進別人的話，又眼見這種毫無商量餘地的神態，知道再多說也無益，於是向鄭觀應使了個眼色。鄭觀應明白，說：『大人百忙之際能抽空接見，杏蓀兄和我都感激不已，不敢再多打擾，就此告辭了。』

說着起身。張之洞也起身說：『盛道剛纔說的這些，對湖北今後的礦務和創辦鐵廠都很有益處，本督理應感謝。到時，或許還會請二位專程到湖北來實地指導。』

盛宣懷忙說：『指導不敢當。香帥今後若有用得着的地方，職道當盡力効勞。』

張之洞站着不動，對着窗外喊了一聲：『叔嶠，代我送客人下船。』

目送盛宣懷、鄭觀應走出艙門後，張之洞背着手在船艙裏踱步，腦子裏總在想着：湖北的採礦冶煉之事，今後應當如何去辦呢？

第十一章 督建鐵廠

一　遊方郎中給張制臺潑下一瓢冷水：橋過淮南便成枳

粵秀輪慢慢靠近司門口碼頭時，早已等候着的湖北巡撫奎斌，帶着武漢三鎮各大衙門的官員立即走到江邊來熱情接待，接着又在總督衙門舉行盛大隆重的接風酒會和交接儀式。所有從九品以上的官員們全都緊張熱烈興致勃勃地參加這些活動，絲毫也不以繁瑣冗長、耗時傷神爲意，有幾個因陰錯陽差沒有收到請柬的低級官員，爲沒有出席這場盛會而憂心忡忡、驚疑不安，不知何故而失去了這個資格，十分擔心頭上的那頂小烏紗帽能否戴得下去，直到一兩個月後見並無動作纔稍稍安寧下來。就連年近古稀身患重病的藩司黃彭年也硬撐着病體應付着，待到兩天的儀式結束後，他便重新躺到床上去了。

走進奎斌所佈置的豪華氣派的大簽押房，張之洞的第一件事便是將那幅《古北口長城圖》高高地懸掛在北面正墻上。這幅氣勢磅礴的丹青，從太原到廣州，如今又隨着主人來到武昌衙門。張之洞凝神看着，覺得自己既像那蜿蜒的長城，又像那高高聳立的關樓，心中很是自豪。他轉眼看了看擺在房間正中央的那張寬大的案桌。案桌上已叠起尺餘高的文冊牘書。他順手拿起放在最上面的一件，乃是軍機處寄來的四百里急件。看收函的單子，已是十天前便到了武昌督署。出了什麽急事，讓軍機處發這樣的快件？張之洞邊想邊打開，幾行字赫然跳進他的眼簾：

近來總督赴任，輒帶親兵營隨行，既多糜費，且與制度不合。據傳張之洞此次赴任，隨帶親兵二百人，數量之多，駭人聽聞。着張之洞將所帶親兵除酌情留一二十名外，其餘皆遣回廣東，不得有誤。

張之洞萬萬没料到，以湖廣總督身份第一次收到的上諭便如此令他窩火。他氣得將軍機處函件一推，離開書案，在鋪着西域紅長毛地毯的房間里急速地來回走動。

急步走了一袋煙的工夫，他的心情纔略爲平静下來，叫門外的衙役將桑治平請來。

一會兒，桑治平走進簽押房，見張之洞的臉色灰黑黑的，知他心情有不快：『遇到了什麽事，心裏不舒服？』

張之洞指了指桌上的函件説：『你看看就知道了。』

桑治平拿起軍機處的函件，很快瀏覽了一遍，輕輕地説：『這是我害了你。』

原來，從廣武軍中選拔一批軍官帶到湖北，這個建議是桑治平提出的。爲顯制軍的威風也爲了沿途的安全保衛，總督調動遷徙時往往帶着一大批親兵同行。近幾十年來，已成慣例。奉到湖督令後，桑治平對張之洞説：『廣武軍創辦三四年了，請的是德國教官，德國陸軍是當今最强的軍隊。廣武軍這幾年在德國教官的訓導下，很像個樣子。若從廣武軍中的中下層軍官中抽調一批優秀者，將他們編爲一支親兵隊，帶到湖北，再以這批人爲骨幹招募一支湖北新軍，湖北新軍便可以很快訓練起來。』張之洞同意桑治平這個建議，遂委派桑治平、大根及已升爲親兵營都司的張彪到廣武軍去秘密地選派人員。於是桑治平、大根在三千廣武軍中挑選了一百五十名中下級軍官，張彪則從親兵營中挑出五十名自己的哥兒們，一共二百人，組成一個新的親兵營，乘坐另一艘海輪，一路護送到武昌。原本一個很好的設想，突然被打亂了，是誰將此事捅到朝廷去了？

唉！張之洞在心裏嘆了一口氣後想，子青老哥因病請假纔幾天，軍機處便下這樣的上諭！

他走到桑治平身邊説：『害了我的話，從何説起！你的主意，我至今仍認爲是很好的。我氣的是有人在暗中搗我的鬼。』

『衹要你不後悔就好。』桑治平擰緊雙眉説，『搗鬼是一定的，你在廣東這些年，哪有不得罪人的地方？好在上諭並没有給你以處罰，衹是令隨行的親兵遣回廣東。我現在問問你，這些親兵你是遣回還是不遣回？』

張之洞問：『遣回怎麽樣，不遣回又怎樣？』

『若是願意遣回，那很簡單，遵旨辦事，將這些人都打發回廣東，仍到廣武軍營去，我也没有話可説的。如果你不想遣回的話，下一步我們再商量。』

張之洞咬住牙關，繃緊着臉，思索很久後，從嘴裏迸出兩個字：『不遣！』

『對，應該不遣！』桑治平臉上露出欣慰之色。

『你看下一步怎麽辦？』

『得想個辦法應付朝廷。』桑治平將軍機處的急函上下打量着，腦子裏有了一個主意。『看這樣行不行？』

『怎樣應付？』

『你就給朝廷上個摺子，説這些親兵本是淮勇。他們不慣廣東水土，寧願回安徽原籍務農，不願再回軍營。現遵旨就地遣散，發給途費，讓他們回原籍務農。朝廷之所以這樣，不是因爲廣東少了二百號親兵，而是怕你在湖北安置跟隨已久的將士，衹要這些人離開了湖北，朝廷就不會過問了。』

『來廣東的淮勇，幾乎没有幾個能適應那裏又熱又潮的氣候，都想回家，這個説法應付得過去。麻煩你告訴叔嶠，叫他按此意思擬個摺子。』

軍機處寄來的這道上諭，提醒了張之洞，立即要做的事情除鐵路、礦務、鐵廠外，這組建湖北新軍的事也不能拖延太久。若時機未成熟，可先辦一所陸軍學校，早日培養一批新式軍官出來。

張之洞抛開上任伊始的不快，以比在三晉兩廣更大的熱情投入事業。但他根本没有料到，朝廷將他從兩廣調到兩湖所要辦的頭等大事，尚未措手便胎死腹中。

原來，李鴻章對朝廷否定津通鐵路方案，贊同蘆漢鐵路方案，一直大爲不滿。在他認爲，蘆漢鐵路方案是典型的好大喜功，不僅路綫太長，花錢太多，更兼路況複雜，河南、湖北一帶山多水多，還有一條黄河天塹要飛躍，興建這樣一條大鐵路談何容易！何況眼下鐵路，首先不是爲了利民，而是爲了利於打仗。大清國的敵人是洋人，洋人對我皆有掠奪之心，而掠奪又分掠奪財物和掠奪領土之別，掠奪領土纔是最可恨的敵人，有這種野心的一是日本，一是俄國，故而鐵路首選地在華北東北，而不在腹心省份。朝廷被那個愛出風頭善於論辯的張之洞所迷惑，真是令人痛惜！爲津通鐵路的修建，李鴻章已向外國銀行借款二百萬兩，前期籌備已用去十三萬兩，現在這條鐵路不建了，十三萬兩銀子就白白地花費了，李鴻章對張之洞甚是惱火。

正在這時，一個機會給了李鴻章報復的藉口。就在張之洞剛剛到達湖北的時候，俄國派遣一支軍隊進駐朝鮮。俄國這支軍隊對東北構成的嚴重威脅，引起滿洲親貴大臣的不安。李鴻章抓住這個機會，聯合總理各國事務大臣奕劻一道上奏，請求緩建蘆漢鐵路，集中全力先辦關東鐵路，萬一戰火燒到滿洲，可用該鐵路迅速調兵遣將。朝廷立即接受這個建議，下旨停辦蘆漢鐵路，而將興建關東鐵路一事交給李鴻章全權處理。

張之洞奉到這道旨令後，儘管對朝廷處理國家大事這等輕率隨意深感不滿，但他無可奈何。恰好

第十一章　督建鐵廠

一部分原本在廣東訂購的機器，已從美國運到武漢，辦理鐵廠一事便迫在眉睫，於是張之洞摒棄一切雜事，將滿腔心血全都撲到這件大事上來。

不久，一個由張之洞親筆題寫的『湖北鐵政局』招牌，在總督衙門大坪外的高大轅門楹柱上掛了起來，此事引起武漢三鎮市民的格外注意。這個地方做了兩百多年的總督衙門，衙門的主人前前後後換了幾十個，從來没有哪位總督把另一個衙門的招牌懸掛在轅門上。兩湖地區有哪一個衙門能有資格獲此殊榮？年輕人覺得很新奇，對着礦務局的招牌指指點點，議論它的品銜和職權。許多人都認爲這個充滿洋味的『局』的品級一定很高，能够掛在總督衙門的轅門上，大概不會低於巡撫衙門。有人説能在這裏謀個差事就好了。旁邊立即就有人譏笑：到這裏來謀差事，你懂洋文嗎？你懂洋人學問嗎？那人不再吱聲，臉上現出幾分沮喪來。

年紀大的人路過這裏，都被這種怪現象所唬住。其中讀書識字與官場多少有些往來的人則摇頭嘆息：這成何體統！一個臨時辦事的『局』招牌，怎能掛在一品衙門的轅門上，這不有損朝廷的尊嚴嗎？何況這個局還不是通常的『救濟局』『善後局』，而是什麽『鐵政局』。《説文解字》、《康熙字典》裏都没有『鐵政』二字，鐵政是做什麽的？有激烈的甚至罵道：這個張之洞崇洋媚外，標新立異，已没有絲毫清流氣味了！什麽不倫不類的鐵政局，竟然掛在總署轅門上，要摘下砸掉纔是！

罵歸罵，恨歸恨，但到底也没有哪個敢冒制臺虎威，將鐵政局的牌子摘下來砸掉。湖北鐵政局的招牌，天天都堂堂正正地掛在高大的轅門上。在衙門二進西側的幾間寬大的房子裏，由督辦蔡錫勇協辦陳念礽爲首，包括當年在廣東招來的十幾個滿腹西學的局員，天天都在緊張的忙碌着。

光緒十六年春末夏初的和暖季節，張之洞在蔡錫勇、陳念礽的陪同下，花了整整一個月的時間，

親到大冶及廣濟、荊門、當陽等地，實地考查這些鐵礦和煤的開採情況。湖北豐富的煤礦蘊藏，更加堅定了張之洞籌辦煉鐵廠的信心。

機器早已運到武昌，但鐵廠的廠址立在何處，却一直沒有定下來。礦務局的意見：鐵廠的兩大主要原料是鐵礦和煤，故毫無疑問，地址應當依這兩大原料而定，或就鐵礦或就煤。陳念礽認爲鐵廠可定在荊門、當陽一帶的觀音寺附近，此地煤極好，可煉出很好的焦炭，供鐵廠使用。鐵廠的用焦量很大，以節省運費來考慮，鐵廠以靠近煤產區爲宜。另一些局員主張鐵廠立在大冶附近。理由是大冶產鐵礦，且靠近長江，今後煉出的鐵易於運出。兩種意見都有道理，蔡錫勇認爲這是一件很大的事情，應該由總督本人來最後定奪。

『毅若，談談你的看法？』

當蔡錫勇把選址情況向張之洞稟報後，張之洞想先聽聽這位督辦的意見。

『我較爲傾向於在大冶建廠。大冶鐵礦含鐵量高，冶鐵的歷史也很悠久，我們化驗了前代大冶出的鐵，質量不錯。從前是土法冶煉，尚且能煉出好鐵，現在我們用新式的洋法冶煉，一定會更好。至於荊州、當陽的煤，論煤質來説是很好，這不錯，但沒有煉過焦，不知道焦的質量如何。』

『你是説，大冶的鐵礦能出好鐵，是有把握的，而荊、當一帶的煤能否煉好焦沒有把握？』

『正是這樣。』蔡錫勇繼續説，『況且荊、當一帶交通太不方便，鐵礦運進固然難，今後煉出的鐵塊要運出來也是難事。若廠址在大冶，便衹有煤運進的一次難。況且廣濟一帶也有不少煤，若能從廣濟的煤裏煉出好焦的話，煤的問題也可能得到解決，故我以爲鐵廠以建在大冶爲好。』

張之洞聽了蔡錫勇的話後，摸着滿臉大胡子，好半天纔説：『依我看，鐵廠還是建在武漢三鎮爲

好。』

『建在武漢？』蔡錫勇對總督的這個看法不能同意。『武漢既無鐵礦又無煤，合適嗎？』

『武漢雖無煤無鐵，但它有一個最大的好處，交通方便。』張之洞其實早就在思考這件事了，蔡錫勇的意見使他對自己的思考作了一番反思，但他還是堅持自己的意見。『江漢舟楫之利，是不必再説了，還有鐵路之利。你莫看眼下蘆漢鐵路讓李少荃的關東鐵路取代了，但過幾年總是要興建的。這條鐵路非建不可，李少荃拿俄國嚇朝廷，朝廷不得不改變主意，關東鐵路建好後，朝廷一定會再建蘆漢的。等蘆漢建好後，我們再建粵漢。鐵廠乃百年大計，眼光要放遠一點，待蘆漢、粵漢兩條鐵路建好後，武漢的鐵便可以四面八方地運出去。』

蔡錫勇覺得總督的這席話也有道理。不過，蘆漢和粵漢什麼時候能建好呢？按照洋人辦工廠的慣例，鐵廠投産三年後就應當贏利，若不贏利就辦不下去，儻若蘆漢、粵漢十年二十年後纔建好，虧欠十年二十年的鐵廠還能堅持得下去嗎？他把這個顧慮説出後，張之洞笑道：『你太過慮了，本督辦鐵廠，贏利不贏利，不是第一位的。第一位的是要用我們大清國的鐵礦和煤，煉出我們大清國自己的好鐵來。這個好鐵要賽過洋鐵，至少不比洋鐵差，爲我們大清國爭下這口氣。從我們的鐵廠出鐵後，中國就不進洋鐵了，大家都用我們湖北鐵廠的鐵。你算過這筆賬沒有，這爲大清國和湖北贏來的臉面，怎麼能由錢來計算？』

望着總督神采飛揚的自豪之色，蔡錫勇也不由得受了感染，心想：倒也是的，中國受洋人欺侮太久了，長自己威風，滅洋人志氣，不但是朝廷上下，也是全國百姓的共同願望。不惜代價來辦鐵廠，即使在銀錢上虧了，但在志氣上是贏了。到底是總督，看得要比自己高遠！遂點頭説：『大人説得

對！』

『還有，鄙人身爲湖廣總督，怎麽能讓一個鐵廠因不能贏利而停産呢？我可以全力保證它的開支，藩庫再没有錢，也要保证鐵廠的錢。贏利不贏利，不是你們礦務局考慮的事。』

蔡錫勇想想也對：礦務局都是些技術方面的人員，把關的應是採礦、煉鐵等具體的生産過程，至於贏利與虧損等事，是總督管的，不宜多插手。

『還有一點，辦鐵廠是鄙人又一樁大事，要時刻關注，一管到底。籌建時管，投産以後也要管，隔三差五，我就要去看看。若鐵廠設在大冶，我怎麽能常去看？不常去看，如何談得上管？將它建在武漢，我在督署就能看見鐵廠冒煙没冒煙。今後廠裏的一點一滴，能逃脱我的眼睛嗎？』

蔡錫勇終於被總督這種高度的責任心所感動，點頭説：『好，就按您的意見，鐵廠就建在武漢。衹是武漢三鎮這樣大，廠址具體設在哪裏呢？』

張之洞説：『過幾天待我稍有空閒後，我們一起到三鎮各地走走看看，選一個合適的位置；要麽這幾天你們先去看看，提出幾個地方來，然後我再有目標的去看。』

『行。』蔡錫勇稍停片刻，又提出一件事。『鐵廠裏最重要的設備，我們還没有去買。現在各方面準備都已就緒，這個設備應該要開始訂貨了。』

『什麽設備？』

『煉鐵爐。』蔡錫勇説，『鐵廠的最主要設備便是煉鐵爐。』

『趕快訂！』張之洞立即做出決定。『向哪個國家訂好，美國，德國還是英國？』

『英國好。上次訂購的機器也是英國的，乾脆這煉鐵爐也在英國訂，英國人辦事認真，放得心。』

『好吧！這事就交給你了，你去辦。先訂兩個，越大越好。還有别的機器，也要考慮了。凡是所需要的，都趕緊造册，我寫一封信給駐英公使劉瑞芬，叫他替我們一併在英國訂購。我的目標是要在中國建一座世界最大的鐵廠，超過洋人，至少要超過日本，在亞洲是第一。』

總督宏偉的氣魄，果斷的決力，使蔡錫勇激動不已。這個四十三歲的林則徐同鄉，二十年前從廣州同文館走出之後，便爲推行西學西技不遺餘力。他一心一意希望落後貧窮的中國，能通過學習西方日漸繁榮富强。但他没有科舉功名，儘管有一顆赤誠愛國心和滿腹真才實學，官場的大門却一直對他死死地關閉着，他做不了官。在大清國，没有官就没有權，没有權就不能做事。多少年來，他始終衹是在翻譯、教習的位置上徘徊，空有一腔熱血，却無灑處。看着那些實權在握的大官們一個個花天酒地醉生夢死，全不把國家大事百姓生計放在心上，看着國勢一年年地衰弱、百姓在飢寒中掙扎，蔡錫勇衹有憤恨嘆息而已！

來到廣東後，蔡錫勇親眼看到張之洞是個與衆不同的官員，他真心誠意辦洋務，脚踏實地做事情。蔡錫勇感覺到自己多年來積蓄的學問有了用武之地，爲國家効力的抱負可以得到施展，他熱情萬分地在粤督洋務科没命地做事。現在，看到總督居然有將湖北鐵廠辦成世界第一的想法，蔡錫勇怎能不爲之興奮萬分！爲了給張之洞節約時間，也爲了給鐵廠的籌建多盡一份力，蔡錫勇帶領着礦務局的一批局員，先行在武漢三鎮踏勘廠址。一個月後，他請張之洞看看由他們初定的幾個地方，再做最後定奪。

六月中旬，正是一年中氣温最高的時候。武漢三鎮地處長江和漢水的交匯處，白天，火球似的太陽將兩條江燒得熱烘烘的，猶如即將沸騰的滚水。夜晚，餘熱還不斷地從江面散發出來，將一股股熱

氣擠進千家萬户。又加之人口衆多，車馬繁華，武昌、漢陽已是十萬户以上的都市，而漢口鎮更是從宋代以來便與江西景德鎮、廣東佛山鎮、河南朱仙鎮並稱天下四大鎮。清代人口劇增，漢口鎮匯集八方商賈，四鄰遊民，居住人數之多，爲全國城鎮所少見。武漢三鎮集這地熱人多於一身，於是成爲長江沿岸大小火爐之最。

一到入夏，温度便一天高過一天地直綫遞增，人們的手中不僅拿着扇子，許多人還得要加上一條毛巾，以便隨時擦去身上的臭汗。到處都是熱的。路邊的石頭固然熱得燙脚，連家中的桌椅板凳都熱得不敢沾邊。别的地方白天熱，晚上較凉爽，武漢這地方，夜晚之熱，絲毫不亞於白天。每天衹在凌晨三四點鐘時伴着一絲兒拂曉的凉風，纔可勉强睡一兩個鐘頭。因爲熱，心頭煩；因爲煩，人的脾氣就變得暴躁。到處都可以看到吵架鬥毆的，動不動便揮拳踢腿，拔刀相向，所以外地人都害怕不敢招惹。有兩句民諺最是形象道出此地的民風人情：『天上九頭鳥，地上湖北佬。』然而，奇怪的是湖北人尤其是武漢人，並不覺得這是在駡他們，反而以九頭鳥自居，生發出一股令人畏懼的莫名自豪感。

就在這樣的高温酷暑的時候，五十四歲的湖廣總督每天戴着凉帽穿着綢衣麻鞋，在蔡錫勇、陳念礽、楊鋭、大根等人的陪同下，親自察看礦務局所看定的幾個廠址。連日來，他已看過城外的武勝門塘角、武昌城東南的湯生湖和漢口城外的黑龍廟、青石橋、棗林等地。張之洞對這幾個地方都不太滿意。看着丈夫每天回來時那副疲憊不堪的神態，及換下那身濕了又乾、乾了又濕盡是汗味的衣褲，珮玉總是心疼地勸他：『這一把年紀了，不能跟年輕人樣天天在爐火裏煎烤，要麽等秋凉時再去看，要麽乾脆交給蔡督辦他們定下好了。』

張之洞則總是説，選擇廠址是頭一件大事，不親自去看不放心，鐵廠要加緊興建，也不能等老天

爺凉快了纔辦事。珮玉知道他的犟脾氣，不再多説話。待張之洞洗完澡喫了飯後，叫他在竹凉床上躺着，吩咐春蘭替他搧扇子。自己則彈幾曲輕柔的古曲，讓他好好休息休息。

這一天清早，他對蔡錫勇説：『你們所看的武昌、漢口幾個地方，都不算太好，今天我們一道去漢陽看看。』

於是，一律便裝簡從的督署官員們，静悄悄地渡過天塹長江。來到漢陽城時，已是午後三點多鐘，大家由臨江門進了城。咸豐八年，張之洞來武昌看望胡林翼時曾經來過一趟漢陽。如今三十一年過去了，眼中的漢陽古城依舊是當年矮矮的店鋪，窄窄的石板街，除開來來往往的人多些外，市容並没有多大的變化。張之洞正在嘆息間，忽然感覺到一股凉風從西北邊吹過來，渾身上下一陣舒服。擡頭一望，原來不知不覺，太陽早已被滿天黑雲所遮蓋，天色比剛纔暗多了。大根説：『武漢這裏的日頭比哪裏的都毒，想不到也有被烏雲吞没的時候，再不要讓它鑽出來了！』

楊鋭説：『要是下場雨就好了。』

話音尚未落，一陣大風吹來，立即就有豆大的雨點打在大家的臉上。大根興奮地拍起手：『好啦，好啦，下雨了，老天爺，下久點，好讓我們今夜睡個安穩覺。』

蔡錫勇説：『要找個地方躲躲雨纔好。』

大家四處張望，陳念礽發現了一個好地方，指着左側大聲説：『那邊有一處大院落，我們都到那裏去。』

大家簇擁着張之洞快步向左側走去。走到近處，張之洞高興地説：『原來這就到了歸元寺。早一會兒我還在想，這次要好好地到歸元寺去看看。』

除張之洞外，其他人都是第一次到漢陽，遂興致勃勃地說：『下雨了，反正也踏勘不成了，今天我們好好地看看這座江夏名剎。』

歸元寺的確是一座名剎。它建於清代順治年間，相對於那些漢唐時期的古寺來說，它的歷史並不久遠，但它的名氣却很大。這一則是歸元寺的規模宏大，殿閣很多，包括大雄寶殿、韋馱殿、天王殿、地藏王殿、藏經閣、大士閣等大小建築幾十座，且都一色的黃綠琉璃瓦，配上朱紅色的楹柱、窗欞，顯得分外的莊嚴肅穆，氣象宏偉。二來歸元寺在宏闊的大佈局中又用心設計不少精巧細微的小院落小景致。如翠微峰、翠微井、梅花壇、鳳竹亭等。這些地方小徑曲廊清幽雅潔，是修煉、讀書、療疾、幽會的極好去處。歸元寺將天竺國崇隆偉岸的佛學藝術與中國江南的園林景致融爲一體，形成獨具一格的建築體系，在數以千計的華夏寺院中別樹一幟，從而名播大江南北。此外，歸元寺位於漢陽城裏，漢口、武昌近在咫尺，使得它的香客衆多。尤其是那些商賈們，因爲商海風險難測，求神拜佛之風特盛。若遇有菩薩保佑發了財，則不惜將大把大把錢花在還願上。焚香獻禮自不待說，更有人修繕廟宇，重塑金身。故而，這歸元寺一年四季信徒絡繹，香火隆盛，殿閣佛像金碧輝煌。寺院也因此收入豐厚，僧衆們也很富裕，大小和尚個個僧袍光輝，身軀肥胖，令那些普通庵寺的窮僧苦尼們艷羨不已。

剛一進門，便有知客僧走上前來。知客僧迎的各方來客多了，見這一群人雖沒有軒車肥馬跟從，却皮膚白淨，舉止斯文，知他們不是俗人。知客僧連忙叫來幾個小沙彌，拿來臉盆布巾，給張之洞一行洗臉擦手，又殷勤地說：『寺內有乾淨僧衣，若衣服濕了，可以換下來。』

陳念礽覺得若穿上僧袍，真是一件太有趣的事情，便說：『有乾淨衣服最好，我們身上的衣服都

濕了，正要換，你給我們拿五件來吧！』

張之洞心想，一個總督穿上僧袍像什麼樣子，正要阻止，却發現自己的衣服也已打濕，貼在背上，很不舒服，萬一病了更不好，衹得讓他們去拿。一會兒，小沙彌捧來五件僧袍，大家都換上。陳念礽問知客僧：『有鏡子沒有？』知客僧搖搖頭說：『寺院裏從不用這些東西。』

『不要照鏡子了，我給你看。』楊銳走過來，上上下下打量一番說：『不錯，蠻整齊的，若戴上僧帽，更像一個風流倜儻的美和尚。』

陳念礽笑着對大根說：『你更好，若剃掉髮辮留下絡腮鬍，那就是一個十足的花和尚魯智深了。』說得衆人都笑起來。

知客僧把衆人帶進會客室，立刻有小沙彌送上香茶。外面早已濃雲密佈，大雨如注，涼風從窗外吹進來，大家都有渾身舒坦之感。

知客僧笑着說：『阿彌陀佛，菩薩保佑，這場大雨下得及時，萬物都蒙它的恩惠。』

張之洞說：『武漢的熱天真不好過，這要熱到什麼時候纔涼爽！』

『要到大暑前後纔慢慢涼起來。』知客僧望着張之洞說，『聽施主口音，不像是本地人。你們是在漢口做生意，到寺裏來求菩薩賜財，還是路過此地，順便到寺裏來看看？』

張之洞略爲想了下說：『我們不是做生意的，也不是遊客，是奉人之命來湖北采風的，要在武昌住幾年。』

『采風』是什麼？見多識廣的知客僧一時摸不清這幾個人的身份，也不便細問，便說：『雨看來一時停不住，我叫伙房預備下，晚上就請在這裏喫一頓齋飯吧！敝寺也有乾淨客房，今夜就請諸位施主

在這裏過夜。』

張之洞見雨雖然比剛纔小了點，但看起來一時半刻也停不了，衆人臉上都有欣色，顯然對喫齋飯住寺院這種新鮮事有興趣，便點頭同意了。

知客僧見有錢可賺，立刻來了興致，一面吩咐小沙彌通知伙房，一面又忙叫上瓜子糕點，好好招待。

突然間，隨風傳來一陣中氣甚足的朗誦聲，大家側耳傾聽：

天連吳楚，地控荆襄，吞雲夢之空闊，接洞庭之混茫。有大禹之鎮石，留黄鶴之遺響。魯肅墓長眠忠厚，孔明燈燭照愚氓。萬古悲憤，三閭魂魄今何在？千載知音，流水涓涓繞高山。靈龜伏北，金蛇盤南。遥望赤壁烽火昨夜息，又見小喬今宵宴周郎。險哉夏口，扼江漢之交匯；壯哉三鎮，居九州之中央。

『好文章！』張之洞禁不住脱口讚道，『這是誰在朗誦，寶刹還住着攻讀詩書的士子麽？』

楊鋭笑道：『莫不是一位待漏西厢的張秀才！』

知客僧嗔道：『施主取笑了，哪裏有什麽張秀才，那是一個年近花甲的遊方郎中，敝寺住持虚舟法師的朋友。』

張之洞起身說：『遊方郎中有如此雅興，我們去見識見識！』

衆人都跟着總督起身。大雨已停，天井裏積滿着一時流不走的渾水，對面的一個小院落裏，站着一個身材矮小的漢子，雙手捧着一張長長的紙條，背對着天井在全神貫注地欣賞着。顯然，正是此人剛纔情不能自已地朗讀紙條上的文章。

『吳郎中！』知客僧對着那漢子叫了一聲。

『啥子事！』那漢子操着一口四川話，邊說邊回轉過身子來。

哎呀！這不是吳秋衣嗎？他怎麽會住在這裏？張之洞揉了揉眼睛，又仔細地盯了一眼。不錯，正是那年給他治病的吳秋衣！他快步上前，驚喜地喊道：『秋衣兄，你什麽時候到漢陽來了！』

那人先是一愣，隨即大聲一叫：『是你呀，香濤老弟，巧遇巧遇！』

吳秋衣迎上來，鬆開一隻捧紙條的手，重重地拍着張之洞的肩膀。張之洞把吳秋衣緊緊抱住。

『秋衣兄，離開京師後，一直在想你，不料一别就是八九年了。你這些年都還好嗎？』

『好，快活得很哩！』吳秋衣爽朗地說，『你這些年來也好嗎？』

『也好，也好，我們今夜慢慢談！』

楊鋭、大根與吳秋衣也是老熟人了，異鄉重逢，都激動不已。

張之洞向蔡錫勇、陳念礽介紹：『這位吳秋衣先生是真正有道德有學問的處士。十六年前，有一次我在路上中暑，幸虧當時遇到他，不然早就没命了。』

原來是總督往日的救命恩人，蔡、陳對眼前這個乾瘦矮小的半老頭子肅然起敬。

張之洞笑着問：『秋衣兄，你剛纔讀的文章在哪裏？』

『這裏，這裏！』吳秋衣立即興奮起來，將手中的紙條揚了揚。

『黑底白字，原來是一幅拓片！』

『我上午從禹王磯上拓下來的。什麽人作文不知道，什麽人書丹也不知道，却真正的是好東西。』

吳秋衣不去問張之洞緣何到了此地，張之洞也不詢問吳秋衣的近況，兩個金石愛好者凑在一起，

細細地品賞起這幅尺餘寬、三尺餘長的拓片來。楊鋭等人也圍過來欣賞。

『這文章做得真好。尤其是這兩句：遥望赤壁烽火昨夜息，又見小喬今宵宴周郎。絶妙好文！』

『好文，好文，集豪雄與艷美於一身！』

『你看這字，學二王是學到骨髓裏去了。』

『刻工也好，一點没有走樣失真！』

『看來這文和字都出自平凡人之手，却比不少名家大家的强得多！』

『是呀！世上許多傑作妙品都出自民間無名之輩，他們不想揚名謀利，故反而能得物理之精奥，而那些沽名釣譽之徒，纔得皮毛便迫不及待向世上誇耀，汲汲以求名利，反誤了正業。老子説聖人爲而不恃，爲而不争，講的就是這個道理。』

蔡錫勇、陳念礽静聽着張之洞與吴秋衣的隨口談論，覺得很有意思。

談了好一會子拓片，吴秋衣纔問：『你怎麽也到漢陽來了，是不是從山西調到湖北來做巡撫了？』

張之洞還未來得及回答，大根早在一旁大聲説：『吴郎中你説錯了，我家大人早在六年前就做了兩廣總督，這次是從廣州到武昌來做湖廣總督的。』

知客僧在一旁聽得呆了：真的是湖廣總督到寺裏來了？豈不是活菩薩進了山門！他拉着楊鋭的衣角悄悄問：『這位真的是制臺大人？』

『不是真的，難道還假冒不成？』楊鋭得意地撩起僧袍，將掛在腰帶上的銅牌亮了亮。知客僧確知來的是現世菩薩，忙分開衆人，對着張之洞連連打躬：『小僧肉眼不識金佛，適纔多多怠慢。』又對身邊的小沙彌下令：『快请方丈出來迎接貴客！』

一會兒，便見一位矮矮胖胖身披暗紅袈裟的老和尚急步走來，知客僧忙將他帶到張之洞面前。老和尚雙手合十，深深地彎下腰説：『貧僧虚舟，不知制臺大人光臨，未能迎接，萬望寬宥，請制臺大人賞光，到方丈室一坐。』

張之洞笑着説：『暫借寶剎，以避風雨，多多打擾，甚是不安。』

厨頭過來對方丈説：『齋席已備好，請客人入席吧！』

虚舟説：『把那年我從鷄公山上帶來的猴頭菌和運光法師送的武當山黑木耳拿出來，再做兩樣好菜款待制臺大人。』

厨頭得知今日的客人原來是制臺大人，忙啣命回厨房趕緊張羅。

張之洞在方丈室剛剛落座，外面就喊入席了。衹見雲水堂燈燭輝煌，一桌豐盛的酒席早已擺好。虚舟將張之洞奉在上席，然後請吴秋衣右邊相陪，自己在左邊陪坐。又叫知客僧請蔡錫勇、陳念礽、楊鋭、大根在客位上坐下。一張八仙桌，恰好坐得滿滿的。上座虚舟親自把盞，下座知客僧把盞，頻頻勸着素酒素菜，殷勤備至。酒過三巡，虚舟問：『制臺大人酷暑過江來到漢陽，想必有要事。』

張之洞説：『總督衙門打算籌辦一個鐵廠，在武昌、漢口看了幾處廠址，不很滿意，今天特爲到漢陽來再次尋找。』

虚舟問：『鐵廠大嗎？』

張之洞説：『大概要十多二十頃地的範圍。』

虚舟的心動了下，又問：『請問制臺大人，這衙門要地給錢不給錢？』

『給錢。』張之洞應聲答道，『如果真是好地，寧可高於市價我們也買。另外，住在這裏的老百姓

的損失，比如莊稼、菓樹、房屋，我們也要考慮到。』

『善哉善哉！』虛舟左手五指併攏，在心口上移動幾下。『官府不與民爭利，真正的青天大老爺。』

張之洞想，這歸元寺每天接待南北香客、十方商旅，最是消息集散之處，方丈和知客僧無疑是民間的頭面人物，可以藉他的口來傳揚傳揚本督以洋務强國富民的施政大計。於是放下碗筷，正經八百地說：『法師是出家人，不管俗世之事，現在的俗世是又貧又弱，國勢不振。但大海之外却有一批洋人，比如離我們最近的東洋日本人，離我們很遠的英國洋人、美國洋人、法國洋人、德國洋人，他們都又富又强，老是欺負我們，憑藉着手中的船砲從我們國家取走千千萬萬兩銀子。』

虛舟說：『貧僧雖是出家之人，但喫的稻粱，穿的衣服，無一不來自俗世，且天天與四面八方香客打交道，眼中所見、耳中所聞盡是世俗之事，貧僧何能離得了世俗？衆生貧苦，洋人欺負這些事，貧僧心裏也知道，不知大帥有何妙法解除衆生之窮苦，抑洋人之强梁？』

張之洞說：『此事鄙人已思之甚久，最重要的一條路子便是把洋人那一套富强之術搬過來。我手下有好些個幕友都在海外生活很多年，他們都說洋人並不比我們聰明。他們的那一套衹要我們肯學，很快就可以學好。鄙人要充分利用兩湖的財富大辦洋務，鐵廠是第一步，以後還要修鐵路，建槍砲廠，建織布局、紡紗局，還要辦新式軍隊，辦洋學堂，把這一切都辦好以後，我們就跟洋人差不多了。兩湖百姓的日子就好過了，我們的軍隊强大，洋人也不敢欺負我們了。』

對於張之洞勾畫的這一幅美好的富强藍圖，六十多歲的歸元寺方丈一點興趣都沒有，他在心裏盤算的是另一回事：龜山靠漢水邊有一塊三十頃的荒地，是相沿已久的寺產，衹是這裏瀕臨漢水，每年都要遭受大水的淹没，低窪處甚至一年遭水淹達兩三個月之久。因爲這個緣故，那塊地便荒蕪下來，

地雖大，並不能給寺裏帶來收益。前一任方丈是個精明人，他想與其荒蕪下去，不如租給農人。於是他把這塊荒地分成十多塊，租給了十多户附近少田無田的農人，規定他們每年向寺裏交十多二十擔穀，其餘的收成都歸農人自己。寺裏的要求並不高，租地農人樂於接受。從那以後，寺裏每年可以坐收二三百擔穀子，十多户農人又有了安身立命之處，荒地得到了充分的利用。虛舟心裏想，歸元寺的衆僧喫飯不成問題，每年二三百擔穀子對於歸元寺來說不是太重要的事。那年虛舟在京師西山碧雲寺掛單，看到碧雲寺的五百羅漢堂，讚嘆不已，心裏起了一個念頭：要是在歸元寺也建一個這樣的羅漢堂的話，不僅爲佛門做了一樁大善事，同時也大爲提高歸元寺在天下叢林中的地位，作爲辦理此事的方丈，自然功德無量。但建一個五百羅漢堂，没有三五萬兩銀子不行，歸元寺哪裏拿得出這筆巨款！此事在虛舟心裏存着十餘年，突然他看到了希望。

『大帥，當年白光法師建好歸元寺後，還剩下一筆錢，大家都勸他到天竺國去買幾尊玉佛和幾百册貝葉經來供奉。白光法師没有同意，却拿這筆錢在龜山脚下買了一塊三十頃的荒地。衆僧都不理解白光法師如何要辦這樣的傻事。白光法師對大家說，諸位不知，這是武漢三鎮一塊最好的風水寶地，二百年後，有一位能人會在這裏煉出烏金來，給歸元寺帶來百倍的好處。』說到這裏，虛舟臉上流露出抑制不住的喜悦，『大帥今日來此尋找鐵廠，正好從三個方面印證了白光法師當年的話。』

張之洞來了興趣，笑着問：『哪三個方面？』

『第一，白光法師說的是二百年後的事，歸元寺最後完工是在康熙二十二年。』虛舟左手指頭彎了幾彎後說，『到今年恰好二百零六年，這是第一個印證。第二，大帥是今日海内數一數二的能人，這是舉世公認。』張之洞微笑着没有做聲，大根自豪地說：『誰還比得上咱們家大人，連洋人都得舉白

旗投降。』

一句話説得衆人都快樂地笑起來。

『白光法師説的是煉烏金，鐵是黑的，不正是烏金嗎？』

蔡錫勇説：『洋人是把鐵煤稱作烏金的。』

虛舟高興地説：『這位老爺幫我證實了白光法師的話，如此看來，三個方面都應驗了。這塊風水寶地的確是專爲大帥買的。』

虛舟的話説得大家都心癢癢的，張之洞也被他説動了，於是説：『明天一早，煩法師陪我們去看看！』

吳秋衣一直没有説話，這時也笑着説：『真有這麼好的風水寶地，明天我也跟你們去瞧瞧！』

喫完飯，虛舟要將寺裏最好的客房安排給張之洞。張之洞説：『好客房讓我的幕友們去住吧，我今夜要跟我的老朋友住在一起，好好地聊聊。』

接着，他把那年因中暑偶遇吳秋衣的事説了一遍。虛舟很興奮：自己的朋友竟然是總督大人的恩人，這真是一座通向兩湖最高權力的橋樑。忙叫小沙彌好好打掃吳秋衣的房間，送上香茶糕點，臨時又移來一張寬大的凉床。

夜裏，在明亮的燈燭下，一對分别八九年的老朋友促膝細談，互相叙述别後這些年來的情况。

『老弟。』遊方郎中不客氣地沿用着十多年的舊稱，仿佛今日對面坐着的並不是建立過赫赫戰功權傾一方的總督，依舊祇是一個無實權的學官。

『席上，你對虛舟談了一套富强之術。我問你一句話，你要對我説實在的，你就真的相信那會給中

國帶來富强嗎？』

『老朋友，你是怎麼看我的，』張之洞頗感意外地説，『我不相信，我爲什麼會努力去做？這樣熱的天，普通百姓能躲凉的都躲凉，我一個五十多歲的總督，在火毒的太陽下，一連走了幾天尋訪廠址。我若不相信，我爲何要這樣做？再説，虛舟法師乃歸元寺的方丈，佛門之人，我若不信，我跟他瞎説什麼，我也用不着以此博取他的幾句讚揚之詞。』

『老弟，你不要因我這句話而不高興。』吳秋衣笑起來了，説，『我不是説你有譁衆取寵的意思，我是想你穎悟過人，精通經史，這些年又出任封疆大吏，頭腦應很明白，你没有想到洋人的那套在中國是行不通的嗎？』

『我不是要把洋人的一切都搬到中國來，我祇想學他們建廠修鐵路辦學堂練兵這些東西，有什麼行不通的？你有何高見，我倒要好好聽你説説。』

吳秋衣連連摇頭説：『老弟，不是我説你，你是書生氣太重了，你其實不懂今日情勢。今日中國，處處都顯露出末世的景象，就跟前明崇禎朝相差無幾，朝廷能多保幾年的命就是好事了，何暇來談富國强兵！還不如安心做你的太平總督爲好，不要存什麼勵精圖治之志。』

國家弊病很多，這點，張之洞豈能不知，但決不是末世，怎麼能拿大清跟前明崇禎朝相比呢？崇禎被李自成給翻掉了，洪秀全鬧騰十多年，到頭來還不是讓朝廷給平定了嗎？太后聖明，比無術多疑剛愎自用的崇禎强多了。張之洞素來對太后懷着感恩情懷，儻若説這話的不是一個老朋友，他早就要將他抓起來當反叛者處置了。這時，他壓下心中的不快説：『秋衣兄，你這話説得過頭了，我受太后皇上恩澤深厚，自當與朝廷休慼與共。太后皇上爲國家宵衣旰食，我怎能不勵精圖治？』

吳秋衣斂容說：『你受皇家恩德，願盡忠報効，此心誠然可貴，但可悲也在於此。你是一葉障目，不見泰山。』

『此話怎講？』張之洞神情肅然起來。

『老弟，你想過沒有，你辦洋務，都靠什麽人來辦？還不是靠官場的這批人。今天中國的官場，已經爛得差不多了，清廉的官，實心辦事的官，十個之中難得一個。這些年來，四川也新辦了不少局廠，每辦一個局廠，就增加一個衙門，培植一批官吏，徒爲百姓增添負擔，辦成了什麽事？老弟，你是官場上的人，不怕你見怪的話，我冷眼觀察中國官場幾十年，是越看越失望，越看越心寒。我的看法與你不同，今日中國的積貧積弱，不是沒有洋務，而是中國有這樣一個腐敗貪婪懶散推諉又盤根錯節官官相護的官場，這是中國的萬惡之源，貧弱之本。古人早就知道橘遷淮北而爲枳。好端端的橘，爲什麽變爲枳了呢？就是因爲水土不好的緣故。今日中國就好比淮北的水土，外國好比淮南的水土，洋務這東西在外國是可口的橘，一到中國來就變成酸澀的枳了。腐敗的官場，就是中國成爲淮北水土的根本原因。而這，你一個張香濤是無力改變的。所以，你縱有天大的才幹，也成不了事。』

吳秋衣的話，不是沒有道理，但他太誇大其辭了。官場雖不好，但一則還是有好官，二來也可以整頓，其它省且不管，兩湖是掌握在自己的手裏的，我難道就不能憑藉朝廷付予我的權力，整頓出一個清廉的官場來？難道就不能利用這官場辦一番轟轟烈烈的洋務事業來？他冷笑着說：『事在人爲，兩湖就不能是淮南水土嗎？何以就料定它必爲枳呢？』

吳秋衣哈哈大笑，說：『好，老弟，我不和你爭辯了。我們可以在這歸元寺，在佛祖的面前打個賭，十年二十年後我們再見分曉吧！時間不早了，明天還得去龜山看地，吹燈睡覺吧！』

第十一章 督建鐵廠

第二天一早，趁着氣溫還不太高的時候，虛舟帶着張之洞一行連同知客僧、吳秋衣等來到龜山。

龜山古稱翼際山，又名大別山，坐落在漢水與長江的會合之處。山不高，形狀方方圓圓的，從高處看來，猶如一隻巨大的石鼋伏在江漢兩水之間，因此俗稱龜山。

知客僧是歸元寺裏的才子，能說會道，登上龜山頂，便興致勃勃地一一指點遠近風光，把它介紹給即將與歸元寺做成一樁絕大買賣的貴賓們。

『諸位大人老爺們，站在龜山上，武漢三鎮風物盡收眼底。就在龜山前後左右，便有大家所熟知的名勝。諸位向東看，那一座直衝長江形如船頭的大石塊，就是有名的禹功磯。』

大家的眼睛都順着知客僧的手勢望去，果然在前面三四十丈遠的江邊，一塊龐大的嶙峋怪石兀然矗立在水中，像一根拴船的石礎，又像一段阻水的石堤，滾滾的江水在這裏被激成飛濺的浪花。使人不由得想起蘇東坡『亂石穿空，驚濤拍岸，卷起千堆雪』的名句來。

吳秋衣對張之洞說：『昨天我得的碑文就出自那裏。湖北百姓爲紀念大禹治水，在這禹功磯上建了一座禹王祠。還有一棵千年古柏，相傳是大禹親手種植的，另有元代建的禹王廟。此外還有一塊很好的碑，名叫岣嶁碑，據說是大名士毛會建將衡陽岣嶁峰上的碑文，拓後再刻碑立於此處。』

張之洞問：『岣嶁碑文你拓下沒有？』

『拓了。回歸元寺後我拿給你看。』

『諸位請看，禹功磯上有一座亭閣。這座亭閣叫什麽名字，貧僧一說出來，諸位大人老爺一定早已知道。』知客僧就像一個訓練有素的導遊似的，吊起大家的胃口。『它就是大名鼎鼎的晴川閣。』

『晴川閣！』衆人不約而同地驚叫起來。有人已輕輕地背誦崔灝的詩來：『晴川歷歷漢陽樹，芳草

萋萋鸚鵡洲。』

『對，它就是唐才子崔灝詩中所說的晴川閣。』知客僧很懂得遊客的心理，補充說，『鸚鵡洲在晴川閣的下游，已被水淹了。』

如同故友重逢似的，張之洞將那座童年時代便記於心中的亭閣，伫看了很久。

『諸位再向南看，有一片竹林，竹林裏有一座墓，墓主就是那位幫孔明草船借箭的東吳謀士魯肅。』

魯肅墓！衆人又是一聲驚嘆，一齊向南看去。衹見臨近山脚邊，果然有一片清清幽幽的竹林，團團圍在一起，墓冢、墓碑都看不見。

張之洞心想：魯肅在世並未爲東吳建立大功，衹是以忠厚誠信出名，死了一千多年，人們還記得他，墓旁能長年有這一片翠竹陪伴，也足以自慰了。

『諸位再向左邊看，那裏有一座三層六面石塔，名叫石榴花塔，爲何叫這個名字，這裏有個來由。』知客僧面對着大家關注的目光，說出一個悲慟的故事來：『宋代時，漢陽有一個年輕的寡婦，雖丈夫死去多年，一直謹守婦道，對婆婆盡心盡孝。有一天，寡婦殺鷄給婆婆喫，婆婆喫後第二天便死了。各種謠言紛起，都說寡婦有意毒死婆母，婆婆的女兒向官府告狀。官府判寡婦死刑。寡婦受此天大的冤屈不能表明心跡，臨刑前，她摘石榴花一支，插於石縫中。對着石頭說，若婆婆真是我害死的，石榴花枯萎乾死；若是冤枉，則石榴花開放茂盛。行刑的劊子手冷笑說，花插在石縫裏，必死無疑，哪有茂盛的，你莫不是瘋了！誰知寡婦死後，插在石縫裏的石榴花果然開得茂盛燦爛，第二年春天還在石縫邊的土裏生出一棵小石榴樹來。這棵小石榴樹長大後，年年滿樹花菓。大家憐憫這位蒙受奇冤的寡婦，於是爲她建了這座塔，取名爲石榴花塔。八百年來，一直香火不斷。』

第十一章 督建鐵廠

衆人聽了，都感嘆唏噓。

虛舟法師說：『寡婦的冤枉，是龜山的石頭給她洗刷的，可見龜山是一座神山，一座靈山。在龜山辦事，是會得到神靈保佑的。』

大根一向信神信菩薩，聽了虛舟的話忙說：『法師說得有道理，若不是神靈保佑，石頭縫裏的石榴花哪有不枯死的道理！龜山這地方確實通靈性。』

『龜山靈傑之處還多哩！』仿佛龜山是知客僧的家園似的，帶着自豪的神氣，他又指着遠遠的地方說：『那裏就是古琴臺，俞伯牙摔琴謝知音的地方。』

高山流水，人世間美好的相知相遇的象徵，竟然就源於龜山，出於脚下的這塊土地。突然間，湖廣督署的幕友們對這座並不高大的山嶺頓生又敬又親的情感來。這是一座多麼逗人喜愛的小山啊！

張之洞的心也激動起來。大禹、魯肅、伯牙、子期、晴川閣、石榴花塔，這一切在他的心裏已構築一幅動人心扉的圖畫。不用具體去踏勘那塊荒地了，他已經在心裏做出決定：鐵廠就建在這裏，有這麼多聖賢神靈聚集，龜山當然是風水寶地，鐵廠藉着它的雄魂精魄，今後必將興旺發達，震撼中外！

『大人。』虛舟見知客僧將龜山四周的名勝介紹得差不多了，適時地建議，『我們下山去看那塊地吧。』

『好，你帶路。』

衆人跟着虛舟，順着一條窄窄的山道從山頂下來，朝着漢水走去。沒有多久，就來到屬於歸元寺所有的那塊土地上。

第十一章　贊戴燧神

『這一片都是。』虛舟用手臂在空中畫了一個圓圈，把衆人眼簾中所見的一大塊河灘全部包進去了。

『此處襟江帶河，氣象壯闊，地勢平坦，一馬平川，白光法師真正的好眼力。』

虛舟以自己的高度評價，再次爲這塊荒地預定基調。

張之洞極目遠眺，但見這塊三千餘畝的大平川，約有一半屬於河灘，上面佈滿沙礫，幾乎不能種植樹木莊稼，另一半雖是黑黃色的泥，却也大部分長着蒿草雜木，約有五六百畝地被闢爲田土，上面正生長着莊稼和蔬菜。也有數百上千株菓木。在田土與菓木中可見稀稀落落的農舍，間或傳來犬吠鷄鳴。張之洞雖看不出它的風水佳妙之處，但可以肯定其水路極爲方便，且地勢遼闊坦平，爲今後建世界一流的鐵廠提供了足够的條件。他已經默許了，不過還想聽聽幕友們的看法。

『毅若，你看呢？』

『大致尚不錯。』蔡錫勇的眼光四處掃視一遍後說，『漲水時，工廠有一半會被淹。』

張之洞：『可以把它填高。』

楊鋭說：『築堤、填土這兩項工程，將會耗資不小。』

陳念礽說：『河灘一帶地勢低窪，容易積水。』

『築一道堤，將漢水和長江的大水攔在堤外。』張之洞早已想到這一點。

張之洞胸有成竹：『要建一座鐵廠，當然花費會很大。銀錢一事，由我來設法籌集。』

顯然，總督的主意已拿定，大家不再提出異議了。大根却有新的發現：『四叔，河灘填高以後，可以做一個很好的跑馬場，今後騎兵可拉到這裏來訓練。』

受大根這話的啓發，張之洞突然間又冒出一個想法來：『花這大的成本來做跑馬場太浪費了，不

如在這旁邊再建一座槍砲廠，就用鐵廠出的鐵來造槍砲，省得再外運！』

大家鼓起掌來，齊聲讚揚這個好主意。

虛舟知張之洞已是看定了，心裏高興至極，忙恭維道：『大帥辦事氣魄宏闊，真不愧爲讓洋人舉白旗投降的大英雄。富國强兵，扶正壓邪，也是我們佛門的宗旨。這塊荒地上能興建鐵廠、槍砲廠，真是一樁大慈大悲救苦救難的無量善事。阿彌陀佛，歸元寺要爲大帥此舉辦一場三天三夜水陸道場，祈求菩薩神靈保佑，諸事順遂，功德圓滿。』

虛舟這番話引起衆人好一陣大笑。張之洞對方丈說：『行，就這樣定了，過幾天，我派人到寶刹來具體商談。』

『善哉，善哉！』法師合十作揖，歡喜無盡。

吳秋衣眼看着這一切，一句話都沒有說。

五天後，從廣州跟隨張之洞來武昌、任職督署總文案的趙茂昌奉命來到歸元寺，就這塊荒地的交割與寺方代理人知客僧清心洽談。

清心將這塊荒地上所包括的水田、菓木、池塘、房舍、人口、牲畜等列了一個眉目清楚的明細表，並且一項一項地説給趙茂昌聽。清心不厭其煩地詳盡叙述，趙茂昌耐着性子聽了兩個來鐘點，實在厭煩了，便不客氣地打斷和尚的嘮叨絮語：『多餘的話不要説了，直截了當談價吧，你們要多少銀子？』

清心心裏想：昨兒個總督和幕友們一個個都客客氣氣的，這人官架子怎地如此大！他是個慣於和各方打交道的和尚，面對着趙茂昌的官氣，一點兒也不在乎，臉上依舊笑笑地：『好，總爺説得對，

第十一章　資事選編

多餘的話不講了，貧僧就一項一項地報價。水田一千零二十畝，每畝作價七兩五錢，共計七千六百五十兩銀子。土地八百二十畝，每畝作價四兩，共計三千二百八十兩。河灘地一千四百畝，每畝作價一兩二錢，共計一千六百八十兩銀子。這三項加起來共一萬二千六百一十兩銀子。另房舍二百二十五間，平均每間作價二十兩銀子，共四千五百兩。池塘一百零七口，連所養的魚在內每口作價四十兩，共計四千二百八十兩。另大小牲畜一千一百三十二頭，平均每隻作價一兩，共計一千一百三十二兩。另外尚有菓木三千餘株，平均每株三錢銀子，共計九百兩。這四項加起來一萬零八百一十二兩銀子。七項總計二萬三千四百二十二兩銀子。佛門一向與人爲善，尾數的四百二十二兩就讓給你們了，我們衹要二萬三千兩就行了。』

趙茂昌一邊聽一邊心裏不停地冷笑，當聽到最後報出二萬三千兩的天價時，禁不住暗暗罵道：好一群貪得無厭的禿驢，還要說什麽『佛門與人爲善尾數相讓』的話，真正地不知羞耻二字！錢莊夥計出身的總文案是個精明透頂的人，這些天他已暗地裏對龜山一帶的行市摸得一清二楚了。

他皮笑肉不笑地對清心說：『和尚，你報的價也太離譜了吧。你不要欺負我們是外地人，不懂本地的行市，也不要把官府的人都當成傻瓜，銀子隨便由你拿。』

趙茂昌這幾句話打中了清心的要害，他心裏一陣發虛：看來這傢伙不是個好對付的人，得小心點。知客僧滿臉堆笑說：『趙總爺，貧僧報的價有哪點不屬實，你老儘管指教。』

趙茂昌臉上的假笑一絲兒都不見了，兩道陰冷的目光盯着知客僧，以不容置辯的口氣說：『你報的每一項都不屬實。漢陽城郊最好的水田，也不過六兩銀子一畝。龜山這塊荒地上的上等水田，在漢陽城郊的水田中不過中下而已，值不得四兩，七百多畝水田平均作三兩算都高了，就此一項，可見多報了一倍多的價。其餘土地、菓木、池塘、房屋，你都翻了一倍。說句實在話，本總爺早就給你把各項細賬都算清楚了，滿打滿算，給你一萬二千兩銀子就够意思了，没想到你們佛門這樣黑心！

『阿彌陀佛，我佛大慈大悲。』清心嘴裏不停地這樣唸着，其實是强壓住心中的虛恐，同時也在思量着對策。正在這時，小沙彌過來請入席喫飯，清心藉機中止洽談，重新滿臉笑容地說：『趙總爺，我們先喫飯，賬目嘛，喫完飯後再慢慢算。』

趙茂昌順水推舟地起身說：『好吧，喫完飯再說。』

席上作陪的，除方丈虛舟、知客僧清心外，維那清戒也來了。三個和尚殷勤勸酒勸菜，恭維話不斷，把趙茂昌當成真身趙公菩薩一樣供奉着。飯後，清戒親自陪着趙茂昌參觀藏經閣。藏經閣裏藏着歸元寺的鎮寺之寶——三部天竺國的貝葉經。這三部貝葉經從不輕易示人，非達官貴人或佛門高僧不能一覩。

清戒吩咐管藏經閣的和尚打開楠木書櫃，將一部貝葉經取出，親自翻開，講叙給趙茂昌聽。趙茂昌聽不懂貝葉經上的經文，對那些青黃色的長橢圓形樹葉也看不出個名堂來。清戒見趙公菩薩心不在焉，忙收起貝葉經，將他帶到玉佛堂。玉佛堂是歸元寺專爲收藏發了財的信徒們，自願捐獻給寺院的佛像的殿堂。

這些佛像大部分是玉雕的，故稱玉佛堂。有幾座鎏金的佛像，還有一座五寸高的金佛像，是一位南洋巨富捐的，深藏在地下室裏。爲了對付趙茂昌，管堂的執事和尚在喫飯期間，便奉知客僧之命將所有鎏金佛像都趕緊搬走了，又將一座極普通的黑玉佛像，用一隻四面鑲着花格玻璃的精緻梨木盒裝了起來，擺在最爲顯眼的地方。

第十一章　資本主義滅亡

來到玉佛堂，趙茂昌興致大增。他一座一座地細細看，又不停地用手這裏摸摸那裏摸摸。這種褻瀆佛祖的行爲，若是換了別人，一定會受到和尚們的呵斥。但今日此人便是佛祖，維那不但不予制止，反而隨着他的手一起對佛像指指點點，議論玉的質地和色澤。

來到黑玉佛面前，趙茂昌立時被精緻的玻璃框架所吸引，連連稱讚這個架子好。維那笑着說：『趙總爺，這座佛像的玉質更好。』說完，吩咐執事和尚拿鑰匙來將框架上的鎖打開。

趙茂昌的手在玉佛身上摸了摸。他其實並不懂玉，心想在這樣名貴的框架中的玉佛一定很貴重，便點頭說：『這玉質是好。』

『趙老爺好眼力。』維那笑着說，『不瞞你老說，這座玉佛可不一般。它來自暹羅國的古都清邁王宮，是暹羅王的後裔送給寒寺的。這黑玉有一個專有的名字叫暹羅聖墨，黑玉是玉的精品，暹羅聖墨又是墨玉中極品。這座聖墨玉佛在清邁王宮供奉了近百年，後由國王賞賜給他一位寵妃生的兒子，從此離開王宮。六十年前，這位王室後裔來歸元寺朝拜，將它送給了寒寺。這玉佛堂裏所有的玉佛加起來，都不及這一座。』

趙茂昌的眼睛死死地盯着聖墨玉佛，貪婪的眼神毫不掩飾地流露着。維那知道魚兒已經上鈎，便笑容可掬地說：『趙老爺若是喜歡，就送給你老，爲歸元寺與總督衙門結一段善緣。』

見趙茂昌不說話，知已默許，便高聲命令執事和尚：『把這座聖墨玉佛好好包起來，今夜由你護送，送到趙老爺府上。』

就在維那陪趙茂昌遊藏經殿、玉佛堂的時候，知客僧和住持正在方丈室裏密談。見玉佛堂的事情辦好了，知客僧親來邀請趙茂昌去方丈室。

第十一章　督建鐵廠

洽談在方丈室裏繼續進行，衹是寺方的代表已換成第一號人物住持虛舟法師。

『漢陽那塊地就請趙老爺關照關照，二萬三千兩銀子，委實沒有多要。』虛舟法師說。

『沒有這麽多。』趙茂昌的態度依然和飯前一個樣，衹是說話時的聲音柔和多了。『剛纔清心法師報的每個細項都多算了許多，比如說牲畜平均每隻算一兩，這裏的馬虎眼就大得很。牲畜中有大牲畜，有小牲畜。我親自查看過，一百一十户人家中，猪牛這些大牲畜加起來不過三百來頭，其餘的都是鷄呀鴨呀這些小牲畜，一隻鷄鴨值得幾個錢！清心法師按平均每隻一兩計算，這不明擺着是哄蒙人嗎？』

虛舟法師聽了趙茂昌這番話，心裏又恨又佩服：恨這傢伙拿了歸元寺的玉佛，依舊不鬆口，佩服他精明能幹。

『趙老爺，你是一個真正認真辦事的人，貧僧十分欽佩你。』先給趙茂昌戴上一頂高帽子後，虛舟慢慢地說，『從每項的細賬看，清心是報多了點，這沒有瞞過你老的法眼。但總體來說，二萬三千銀子不算多，因爲清心忘記告訴趙老爺了，這塊地是二百多年前白光大法師看中的風水寶地，它今後會給鐵廠帶來十倍的興旺，百倍的利益。』

見趙茂昌並不以這話爲然，嘴角邊似乎有着淡淡的譏笑，虛舟明白，這是個不受軟功的强硬角色，到了這種地步，他不得不實話實說了。

『趙老爺，實話對你老說，出家人脱離了世俗，沒有妻室兒女的拖累，也不想去巴結討好別人，要錢財做什麽？佛門第一戒的是貪。貪使人迷失本性，墜入火坑，乃作惡生孽之根。本來，張大帥辦鐵廠，龜山的那塊地就送給總督衙門也無妨，衹是寒寺將有一樁大事要興作。』

見趙茂昌對這句話有興趣，虛舟說話的勁頭更足了。

『二十多年前，貧僧見京師西山碧雲寺有一座五百羅漢堂，氣象宏偉，實北地佛門壯觀，可惜荊襄大地沒有。遂對着佛祖立下宏願，今生要竭盡全力，在歸元寺也建一座五百羅漢堂，二十多年來也爲此積下將近二萬七千兩銀子。要建成這座五百羅漢堂非五萬兩銀子不可。貧僧年近七十，來日已不多，不能再行募集，另外的二萬三千兩便衹有靠出賣這塊龜山舊地了。實話說吧，這塊地連同上面的房舍、池塘、菓木、牲畜大約可值一萬二千兩左右，加上好風水可增值銀八千兩，此外的三千兩就是趙老爺你老送的了。這三千兩銀子的恩澤，貧僧會告訴佛祖聽的，並由寒寺十位得道高僧爲趙老爺唸十天十夜祈福升官保平安經文，保佑你老大福大壽大俸祿，全家老小康泰順利。』

見趙茂昌面色稍懌，虛舟略爲壓低了聲音，却是一字一頓地分外清楚：『寒寺將打一個三千兩銀子的包封送給趙老爺，略表貧僧和寒寺全體僧衆的感激之情。』

這句話，爲什麼不早講，繞這大的圈子多費勁！趙茂昌不動聲色地說：『按理說一萬二千兩都多了，風水寶地嘛，這是虛的，鐵廠尚未建，投産更是三年五年以後的事，拿什麼來證明？衹是你們要建五百羅漢堂，需要銀子用，纔不得不哄擡行市。你早說清楚不就得了！趙某祖母、母親都喫齋唸佛，家裏多年來也供奉過菩薩，既然是爲五百羅漢堂做貢獻，趙某人就認了你這個數。』

『善哉，善哉，阿彌陀佛！』虛舟忙捻着佛珠，唸唸有詞。『趙總爺大恩大德，貧僧一定奉告佛祖。』

趙茂昌心裏冷笑了幾聲，接着說：『但有一句話，我先給你說明白了，三千兩銀子的包封，是你們自願給的，趙某人可沒問你們要！』

『那是的，那是的！』虛舟忙點頭。

『所以，不管以後什麼人來問，你們都不能說。如果有人說出了，趙某人可不是好惹的。』

趙茂昌的厲害，虛舟已經領略了，忙說：『趙老爺放心，此事衹是貧僧一人知道，歸元寺衆僧連同清心、清戒都不知。衹要貧僧不說，誰人知道？貧僧感激還來不及，又豈會說出去！如若不信，我可以在菩薩面前起個誓。』

『不要起了。』趙茂昌起身說，『還有一點，你們另外再造一個細目，各項加起來是三萬三千兩銀子，那一萬兩是趙某人覈實後減下去的，懂嗎？我走了。』

『懂，懂！』虛舟彎腰合十，恭恭敬敬地將趙茂昌送出歸元寺門外。半夜時分，歸元寺一個年輕力壯的和尚揹着那座黑玉佛，悄悄地來到趙茂昌的家中。

聽說趙茂昌將歸元寺提出的三萬三千兩覈減爲二萬三千兩，張之洞連連稱讚趙茂昌能辦事，對這個從廣東帶來的總文案更加信任了。蔡錫勇和陳念礽拿出築攔水長堤和填高低窪五十萬土方的預算：長堤需銀五萬八千兩，填土需銀四萬六千兩，連同購地二萬三千兩，需銀十二萬七千兩。

蔡錫勇問：『這個廠址，費用是不是太大了點？』

『不過十二萬多兩銀子嘛，不算多。』張之洞滿不在乎地回答。

蔡錫勇又提出一件事：『香帥，劉瑞芬公使來了電報，承造煉鐵爐的利物浦工廠，要我們趕緊派人送鐵礦樣品到英國去。』

『爲什麼？』張之洞大惑不解。

『煉鐵爐有兩種。』蔡錫勇以專家的身份說，『一種是貝塞麥轉爐，這種爐不能去生鐵中的磷，一種是馬丁爐，可以去磷。』

『爲什麼要去磷？』對冶鐵技術一無所知的總督大人發問。

『鐵廠煉出的鋼含磷量若超過百分之零點二，則質量不高，許多對鋼材要求高的工程就不能用，比如説，鋪鐵路的鋼軌就不能用超過百分之零點二的鋼材，因爲容易斷。所以要化驗我們用的鐵礦石，若含磷量不超過百分之零點二則訂做貝塞麥轉爐，若超過就用馬丁爐。』

『大冶鐵礦還沒有開工哩，從哪裏去找鐵礦石？再説派一個人送礦石去英國要花多長的時間，豈不躭誤了我的開工日期！』張之洞不耐煩了，看着鐵政局督辦一副爲難的樣子，心中説，到底是一介書生，沒有辦事的魄力。他斷然説：『你給我回一個電報給劉瑞芬，説利物浦那家工廠目前做什麽爐子方便，就給我們訂下兩座，越快越好。大冶鐵礦石那麽多，豈能衹是一個成色？它的爐子能去磷，我們就用磷多的礦石，不能去磷就用磷少的礦石。退一步説，大冶的不行，中國這麽大，還能找不到合適的鐵礦！這是很簡單的事，何須如此麻煩，這洋人就是死板！』

一向嚴謹的洋務督辦雖覺得總督的話近於荒唐，但面對着板起面孔不容商議的神態，他一時失去了争辯的勇氣，衹好説電報上的第二件事：『他們要先交六萬兩銀子的訂金，劉公使叫我們趕緊匯銀票去。』

『你告訴劉瑞芬，就説銀錢一個子兒都不會少，請他先給我墊着，我即刻就匯過去。衹是要快，鐵廠明年夏天要開工，不能誤了我的工期。』

『還有，電報上説兩個爐子連運費，共需八十萬兩銀子。』

『好，我知道了，到時一手交貨，一手交銀子。這個利物浦的工廠也是小氣，我一個堂堂大清國的湖廣總督，向他買東西還會少他的錢嗎？這些洋人也太計較了！』

蔡錫勇笑道：『香帥，這就是洋人辦事的習慣，事先雙方都説清楚。你對他的貨物可以提出各種各樣的要求，他做得到就做，做不到就不做。他要的錢他也説清楚，你同意，這筆生意就做，不同意

就算了。彼此一點不傷和氣。我們這份電報拍過去後，他就會來一個合同，上面將雙方的要求都寫得一清二楚，雙方爲頭的在上面簽字，事情就這樣定了，彼此不得反悔，反悔就要賠償損失。哪像我們中國人，起先都是拍胸脯的君子協定，無隻字憑據，到時出了事，彼此又互相推諉，都不承擔責任。』

『洋人辦事死板是死板點，但這種認真的態度還是可取的。』張之洞點點頭説，『事先説清楚，白紙黑字，也好免得日後麻煩。待他們的合同來後，我來簽字，你先把電報拍過去吧！』

辦鐵廠、槍砲廠，這都屬於洋務興作，從曾國藩咸豐十一年在安慶創辦中國有史以來第一座兵工廠算起，到現在亦不過二十幾年歷史，其後不論李鴻章、左宗棠，還是沈葆楨、丁日昌等人創辦的各種機器局、製造局，也幾乎都是爲軍事服務的。由朝廷須下專款，通過户部撥給總署，再由總署撥給辦洋務的督撫。海軍衙門成立後，總署的這個差事便移交給了海軍衙門。

張之洞向朝廷上摺，請求由海軍衙門儘快撥下一百萬兩銀子的專款。他知道掌户部的翁同龢不是一個好説話的人，軍機處裏，閻敬銘是離開多年了，堂兄這些年也年老多病，長期在家休養，不大問事，大權已逐漸落於最善迎逢又最喜攬權的孫毓汶的手裏。孫毓汶身爲軍機大臣，却並不是個一心爲國的人，一向置個人得失在國家得失之上。張之洞不願意拿國家的銀子和自己的人格去走這種人的門子，所以他估計這一百萬銀子的批覆下來不是件順暢的事。

但龜山的地要立即買下來，這遷移、填土、築堤都得抓緊時間進行，買煉鐵爐的訂金也得匯，這幾項銀就得二十萬兩；大冶鐵礦和新近確定的江夏馬鞍山煤礦也必須儘快開工，眼下非得有四十萬兩銀子不可。若坐等朝廷的專款，不知要推延到何時。性情急躁素來辦事衹争朝夕的湖廣總督不能坐等，更何況神州第一大廠的巨大成就感，更在强烈地鼓動着他那顆好大喜功的雄心。他決定先要湖北

巡撫拿出四十萬兩銀子來。

按照朝廷的制度，總督對所轄省份的民政刑事雖有管理之權，但偏重於軍事。這種制度，咸豐朝期間因戰爭的緣故，在江南一帶則被改變了。因爲當時這些省份裏，用兵打仗成爲壓倒一切的大事，所有舉措都得服從戰爭這個大局，故而當時的湖廣總督、兩江總督、閩浙總督乃至兩廣總督、雲貴總督都擁有調動一切、指揮一切的權力。爲了收指臂之效，所轄省份的巡撫、藩司、臬司便往往由該總督提名，朝廷照准不誤。戰爭進行了十多年，朝廷過去的定制在江南各省被無形中破壞了。待戰爭結束後，已實行多年的制度便成了新的定制。張之洞做兩廣總督時，所面臨的第一樁大事便是在越南的中法戰爭，這又是一場用兵打仗的大事，廣東、廣西的巡撫不能不聽憑他的調遣。來到武昌後，張之洞也同樣以這種心態對待兩湖的撫、藩、臬。他以先前兩廣總督召見廣東巡撫的架勢，請湖北巡撫來督署有要事相商。不料，初與湖北地方大員打交道的張之洞，便碰了一個不硬不軟的釘子。

三　病入膏肓的黃彭年冒死勸諫張之洞莫辦洋務

張之洞到武昌後不久，湖北的巡撫就由奎斌換成了譚繼洵。從小恪遵聖賢之教刻苦攻讀『四書』『五經』，一心在科舉功名上下功夫的譚繼洵是湖南瀏陽人，今年已經六十八歲，是個鬚髮皆白的老者。

譚繼洵二十七歲中舉，三十七歲中進士，分發户部做主事，五十五歲纔外放甘肅鞏秦階道，直到六十一歲時仍衹是一個四品銜的中級官員。正當譚繼洵嘆息仕途不順的時候，不料老來吉星高照，官運亨通。這一年，他被擢升爲甘肅按察使，第二年又被擢升爲甘肅布政使，今年又簡授湖北巡撫。短短的七年工夫，譚繼洵便直綫上升爲一省的封疆大吏，而且將他由苦寒邊遠的西北調到湖廣。作爲一

個望七之年的湖南人，譚繼洵自認爲對朝廷的恩德粉身碎骨不足以報答。

二人在佈置得十分精緻的小客廳坐下後，譚繼洵謙恭地説：『不知張大人叫下官來有何事。』

『譚大人，』張之洞也以很客氣的稱呼叫着。『鐵廠的廠址已最後選定了，就在龜山的脚下，我看那地方很寬闊，以後在旁邊還可再建一個槍砲廠。』

張之洞要在湖北辦鐵廠，譚繼洵是知道的，他心裏很不贊成。一來他墨守成規，對洋人有深刻的成見，並不認爲洋人的那一套就是致富强的惟一之路。中國是禮義之邦，還是得遵循歷朝歷代行之有效的清吏治、厚風俗、獎農桑、薄賦税等辦法，那纔是一條利國利民的康莊大道。洋人衹重强權，不要義理，那衹能勝人之口，不能服人之心，終歸不是長治久安之策。二來在甘肅時，他深知左宗棠創辦的蘭州織布局、機器局、製造局等洋務，耗資大而收效微，管理混亂，連年巨虧的內幕。左宗棠是中興功臣，又爲朝廷收復了新疆，厥功甚偉。他不敢公開批評，衹是私下裏對同僚們説，洋務這碼事，衹能由洋人在他們國家裏辦，我們中國辦不成。來到武昌，他聽説張之洞要在湖北大辦洋務，心裏就着急，本想給頭腦發熱的總督潑點冷水，但轉念一想，張之洞是個剛立下赫赫戰功，又倔犟自信、甚受太后恩寵的人，一定聽不進去，於是打消了這個想法。衹在心裏暗自決定：他張之洞折騰讓他去折騰吧，衹要不損傷湖北就行了，我一個老頭子，既犯不着與他唱對臺戲，更不能與他同臺共演一出明知要砸臺的戲。

譚繼洵以很不自在的笑容説：『好啊，何時開工？』

『離開工還早哩！地還在歸元寺的手裏没有買過來，買來後還要築堤、填平，還要買機器安裝，一年後能開工就是好事了。』

唉，太平總督你不當，却要這樣折騰做什麼？譚繼洵心裏這樣想，嘴裏却說：『好，到開工的時候，下官率湖北司道們都去祝賀！』

『祝賀是以後的事。』張之洞與僚屬說話一向不喜歡兜圈子，因爲他要辦的事太多了，不願意在這種虛委中浪費時間，遂直截了當地攤明：『眼下鄙人有急務要求助於譚大人。』

『什麼事，大人祇管吩咐。』久爲藩司的譚繼洵已大致猜到了張之洞的所謂『急務』。

『實不相瞞，鄙人要向譚大人求助銀子。』

望着張之洞的兩道熱切的眼光，譚繼洵本想不開口却又做不到，祇得應付着問：『大人要多少銀子？』

四十萬兩。張之洞正欲開口報出這個數字，轉念一想，譚的年紀既比自己長十多歲，中進士又早兩科，是真正的前輩，不能當尋常巡撫看待，宜逐項報明以示尊敬。於是改口：『有幾大項工程都急着要開工，一是買地，要付二萬三千兩，二是築堤，要費五萬八千兩，三是填平，要費四萬六千兩，再是大冶鐵礦和馬鞍山煤礦開採，各要十萬兩，外加煉鐵爐訂金六萬兩。這五筆款加起來共三十八萬七千兩。鄙人萬不得已，要向譚大人求助四十萬兩銀子。』

果然是爲了銀子的事。譚繼洵爲自己的不幸猜中而深陷憂慮。譚繼洵一到武昌，第一件事便是查看藩庫的銀子。賬面上尚餘五十萬，要從中拿出四十萬兩出來，看似可以，但實際上是做不到的。一則，賬目上的銀兩其中一半是數字，並不是白花花的紋銀，這些銀子還在各地稅卡、牙行和縣衙門裏。自從戰爭以來，各省拖欠中央的銀子，各省下屬拖欠省裏的銀子，已相沿成習。他們應交的銀兩，有意壓下數月半年不交，放在錢莊生息，這息錢便成爲個人荷包中的私利。此風已成官場公開的秘密。二則存在藩庫的二十幾萬兩銀子，已是八方伸手，立即就得發下去的。如洪湖水災的救濟款，德安乾旱的救濟款，施南、宜昌瘟疫醫藥款以及從監利到嘉魚段長江防洪堤的加固款，這些都是早兩個月前便應發下去，祇是因爲奎斌已調走，藩司黃彭年又病重不能理事，眼巴巴地等着譚繼洵上任後早日發下。藩庫僅存的二十幾萬實銀都是救命的專款，豈能交給張之洞去瞎胡鬧！怎樣來搪塞這位偏愛大興作的總督呢？一時間，老頭子急得背上一陣津濕。

他決定實情相告。把湖北藩庫的實際情況詳細稟報後，譚繼洵說：『大人辦鐵廠、槍砲廠，這是富國强兵的好事，湖北自應全力支持，下官也應當全力配合。祇是湖北貧窮，災害又多，實在拿不出一兩多餘的銀子來。下官明天就叫藩司衙門一並送來賬簿和各地請求救濟的火急稟帖，請大人驗看。下官若有半句假話，甘願受大人制裁。』

湖北藩庫祇存五十多萬兩銀子，這與當年張之洞就任粵督時，廣東藩庫所存銀數差不多。這點張之洞相信。但有一半銀子沒入庫，以及各地急需撥銀的情況，張之洞却將信將疑。他也不便硬與湖北撫藩作對，去親自驗看，祇得擺擺手說：『賬簿不要送了，想必譚大人不會說假話。湖北的銀錢出入，鄙人過段時期也會清楚的。』

張之洞這句不冷不熱的話，說得譚繼洵又不安起來，心裏想：這是一個不好對付的硬角色。譚繼洵做了一世的官，從來不與上司頂撞，何况張之洞這樣的人物，更是得罪不得，要把僵冷的場面緩和過來纔是：『大人，過去左侯在蘭州辦製造局、火藥局，都是朝廷總署撥下來的專款，數目大得很。』

張之洞明白巡撫的言外之意，冷笑着說：『鐵廠今後需要好幾百萬兩銀子，湖北拿得出嗎？兩湖又拿得出嗎？當然是朝廷專款。但鐵廠辦在漢陽，是湖北省的大事。你湖北省就坐視不理，一毛不拔嗎？』

張之洞咄咄逼人的氣勢，使年邁拘謹的湖北巡撫頗爲畏懼，細思藩庫的銀子又不是自己的家産，死命不給，得罪了這位總督，日後也不好相處。他的性格素來是息事寧人，何况辦鐵廠是朝廷同意的，在道理上張之洞也站得住脚。譚繼洵猶豫一陣後，終於讓步：『大人説的是，鐵廠辦在湖北，也是件給湖北大掙臉面的事。藩庫裏現存的實銀，各地救災款和防洪堤款我先照半數撥下去，餘下的一半，估計不會少於十萬，就全部給大人吧！雖然遠遠不够，但龜山廠址的築堤和填平工程可以先動工。』

張之洞還以爲這個老頭子會一兩銀子都不肯拿，没想到轉眼之間便同意出十萬，也算是傾力相助。他轉怒爲喜，説：『譚大人，謝謝你了。』

第二天上午，張之洞正準備讓趙茂昌去巡撫衙門拿銀子調撥單，却不料周巡捕匆匆進來説：『黄藩臺來到栅門口，剛出轎門便跌倒了，轎夫已把他揹進北溟亭。他説有緊要事即刻見大人。』

黄彭年不是卧床數月、病入膏肓了嗎，他有什麽要緊事親自來督署見我？張之洞忙放下手中的筆，立即向北溟亭一路奔去。

北溟亭是督署北面的一個小亭閣，四圍栽種一些花草樹木，夏天是一處乘凉休憩的好地方。時正酷暑，武漢三鎮熱得像個大蒸籠，七十二歲的老藩司黄彭年重病已大半年，不能上衙門辦事，一般公文自有各科吏目照例辦理，緊要的則派人送到他的府上，唸給他聽。他有氣無力地交代幾句後，再帶回交相關人員按他的指示辦理。近兩個月，他大門都不出了，衹偶爾在自家小庭院裏坐坐，看看樹葉看看天。昨天下午，譚繼洵從督署出來後便到他家，一來看望，二來將張之洞辦鐵廠求助湖北以及已答應給十萬的事告訴了他。黄彭年一聽，氣得頓時回不過氣來，好一陣子纔氣息嘶喘地對譚繼洵説：『張之洞這是在胡鬧，不能給他銀子。』

譚繼洵爲難地説：『我已答應了他，也不好收回。』

黄彭年説：『明天我去拒絶。第一次若不硬點，他今後會誅求無度。朝廷的銀子由他亂花我們管不着，湖北的銀子不能聽任他丢到水裏去。』

譚繼洵本就不情願，讓這個倔老頭子去阻攔一下也好，但黄彭年病得如此重，能出得門嗎？

『老方伯身體欠妥，還是讓我去轉達吧！』

『不，非得老夫親自去不可。』

黄彭年説完這句話，便氣喘吁吁。他閉目養神不再説話，巡撫悄悄地退出了。

原來，翰林出身的黄彭年是個死硬的洋務反對派，在當年辦不辦同文館的大争論中，他就堅定站在大學士倭仁的一邊，對倭仁『立國之道，尚禮義不尚權謀；根本之圖，在人心不在技藝』這一套服膺至極，認爲倭仁纔是安邦治國的柱石之臣，奕訢、文祥等人聽信浮言，浪開同文館，總有一天會把中國弄成和夷狄一樣的論勢不論理的野蠻之國，對後來曾國藩、李鴻章等人的大辦洋務，黄彭年一直持反對態度。黄彭年爲人方正剛直，操守清白。他治家嚴謹，獨生子黄國瑾二十多歲便中進士點翰林，現正在翰苑做編修。父子均出身詞臣，令官場士林欽佩。仗着這種身望，黄彭年決定以重病之軀入督署，不惜以死來諫阻這個任性使氣的後生制臺，至少要卡住這十萬銀子。

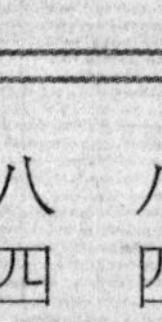

黄彭年晚餐特意多喫了幾片魚肉，天不黑就閉着眼睛强迫自己養足精神，以便明日出門辦大事。

第二天早上，他又喝了一大碗濃濃的關外人參湯。參湯喝下後，他覺得氣力好多了，居然可以自己走進緑呢紗頂大轎。趁着早凉，轎夫們擡着他向督署走去。走了一半路時，他的感覺都還好，後來便漸漸地不舒服了。太陽越升越高，氣温也越來越高，雖然是紗頂夏轎，但畢竟四面緑呢圍着，氣不能順

暢流動，老頭子在裏面熱得難受。爲了使他不受顛簸，轎走得極慢，到督署大門時已是辰末時分了。轎夫掀開轎簾，他剛邁步出轎，一股熱浪迎面襲來，衹覺得腦袋一暈，便昏倒在柵門口。轎夫忙將他背起，隨行的僕人一手提着事先備好的藥囊，一邊嚷叫督署的人出來接應。

張之洞來北溟亭時，骨瘦如柴的黃彭年正躺在藤靠椅上，轎夫在輕輕地搧扇，僕人在給他餵湯藥。他勉强吞了兩口，睁開眼睛，見張之洞站在一旁，忙掙扎着要起身行禮。張之洞趕緊走上一步，制止説：『老方伯，千萬别動，這會子好點了嗎？』

『好多了。』黃彭年答道，聲音比游絲粗不了多少。

都病到這種地步了，還親自到督署來做什麽？張之洞大惑不解。他拉過另一把藤靠椅，緊挨着黃彭年坐下，輕聲問：『署裏有冰鎮的蓮子湯，要不要喝點？』

黃彭年擺擺手。僕人説：『黃大人再熱的天也不喫冰鎮的東西。』

張之洞又問：『熱茶可以嗎？』

黃彭年點點頭。督署衙役忙送上熱茶，黃彭年喝了兩口，氣好像回過來了，灰白的皺臉上慢慢有了點血色。又過了一會，黃彭年覺得好多了，便對着僕人揮手：『你們都走開點，我要跟張大人説重要的事。』

僕人帶着轎夫離開北溟亭，督署的衙役也自動走開了。北溟亭裏衹剩下黃彭年和張之洞。一陣輕輕的南風吹來，亭外盛開的芍藥、玫瑰微微擺動，長長的垂柳上貼着幾隻蜂似的小鳥，不停地在葉片上啄來啄去。黃彭年感嘆地説：『我有半年多没上督撫衙門了，上次來時，柳條兒都是光光的。』

張之洞説：『老方伯大安後，請常來這裏坐坐聊聊。』

第十一章 督建鐵廠

黃彭年臉色陰了下來，説：『我是好不了了，這怕是最後一次來督署了。』

『老方伯怎麽這樣想？好好將息，自然會一天天好起來的。』看對面這位藩司的氣色，張之洞也知他活不多久了，但嘴裏還是這樣安慰着。

黃彭年輕輕地摇了摇頭，没有説話。

『老方伯，這麽熱的天，再有什麽大事，你也不必親到督署來，可以叫我去府上看你嘛！』

『有一件大事，非我親來不可。張大人，我是個要死的人，什麽顧慮都没有了，也不怕得罪你。』黃彭年説到這裏，停了下來，氣在胸臆間運了運後説，『聽説大人要在漢陽辦鐵廠、槍砲廠，大人的心意當然是好的，但我要對大人説出逆耳的忠言：請趕快打消這個念頭吧，莫做這種勞民傷財的蠢事，洋務在中國是辦不成的，也大可不必辦。大人飽讀詩書，自然知道治理中國，當用聖賢世代相傳的古法，切不可讓洋人壞了我華夏數千年來的名教綱常。』

原來是爲了這件事！張之洞心中頓時不悦。若是换了别人，他必定會大聲呵責。但眼下這個老人，是冒着死的可能在烈日酷暑下親來督署，要當面説這番話，就衝着置個人生死於不顧這一點上，也不能責備呀！何况『名教綱常』也是張之洞自己心中的最高準則，『切不可讓洋人壞了這個最高準則』，也是他的心願。他壓下心中的不快，露出微笑來説：『老方伯有什麽話儘可照直説，凡對國家對百姓有利的忠言，再逆耳我張某人也不會怪罪的。』

『老朽知道大人當年乃京師清流砥柱，伸張正義，扶持朝綱，大人的那些奏疏真是千古流芳的瓌麗佳作，不愧國朝翰苑翹楚。』

這些話，張之洞聽了很舒服。

『老朽也知道大人數爲學臺，凡督學之處皆獎掖學子，循循善誘，創辦書院，惠澤士林。大人的這些功德，當今學子們誰不稱讚！老朽在好幾個省的書院裏都看到他們在讀大人所著的《書目答問》，用以做爲求學的指南。』

這些話，張之洞聽了也很坦悅。

喘了喘氣，老方伯又開了口：

『老朽還知道，大人外放晉撫時，禁罌粟、復農桑、查藩庫、劾貪官，這些更令老朽敬佩。大人現在總督兩湖，真兩湖三千萬百姓之福。老朽想大人宜以當年的血性整飭兩湖官場，復興舊日湖廣糧倉，培育兩湖學子，踏踏實實地爲兩湖做實事，切莫玩洋務這種花架子。譚撫臺昨日答應的十萬兩銀子，老朽懇勸大人千萬莫接，那是湖北處水火之中的災民所盼望的救命錢啊！大人積積陰德，切不可糟踏在洋務這種冤枉事上……』

黃彭年正要再説下去，突然雙眼一陣翻白，急得張之洞大聲叫藩臺衙門的僕人。僕人同轎夫趕緊過來，一面搧扇一面卡人中，一面調藥撬開嘴角强灌下去。張之洞眼看着這一切，真是又急又憫，又氣又恨，萬千憤怨如棉絮堵在他的胸口，一句話都説不出來。

他還能再説什麽呢？説老頭子無學無知嗎？此人學富五車兩榜正途，文章詩詞盈篋盈筐。説老頭子不諳世事嗎？此人三十年來歷任數省司道，政聲甚好。説老頭子完全是一派胡言嗎？其中可圈可點可警可策的話不少。説老頭子是一意孤行嗎？京師和各省各地持他這種看法的人還是大多數。説老頭子爲私利嗎？此人的話堂堂正正爲兩湖百姓沒有半個字言及自己。他以一個行將就木的垂死病人來行屍諫，你還能説他什麽！那十萬兩銀子你還能動嗎？張之洞爲官三十年，還是第一次遇到這樣的一個

人。他怕老頭子還要説下去，萬一一口氣接不上死在北溟亭裏，傳出去有多不好！見老藩臺慢慢回過神來，張之洞略微放了心。他雙手握起黃彭年冰冷僵硬的手，儘量做出一副極爲誠懇的神態來説：

『老方伯此行令我很感動，你説的話也不無道理，我謹記在心。湖北藩庫的十萬兩銀子，連提款的手續都還沒辦，就依照您所説的，分文不要，讓它儘快撥到災區和長江防洪堤上去。您放心回府吧，好好保養身體，過幾天，我再到府上來請安。』

説罷，也不等黃彭年答話，便讓轎夫背起。張之洞親自護送到柵門外，看着他安坐在轎子裏。直到轎子走到幾十步遠外，纔擡着沈重的雙腿回到簽押房。

怎麽辦呢？當然不能聽信黃彭年這個昏邁老頭子的胡塗話去停辦鐵廠，但即將到手的十萬銀子却要不到了，一時從哪裏去籌措錢呢？萬般無奈之時，他衹得打起軍餉的主意來。

兩湖地區共有綠營四鎮，分別爲鎮筸鎮、襄陽鎮、宜昌鎮、永州鎮。嘉慶朝以前國庫充裕，綠營的一切軍餉軍需款項全由朝廷負擔，總督負責監督所轄省份的提鎮大員，按要求開支，定期檢查餉需發放情況。道光以後，帑銀枯窘，綠營餉需常有拖欠，便不能不向地方索求，地方衹得從上繳朝廷的地丁銀子中拿出一部分來供應駐省綠營。太平天国平定後，江南練勇解散，不少人進了綠營。綠營臃腫，餉需愈加不足，更是明目張膽地向地方要。於是總督每年都要從所轄省的藩庫提取相當多的錢糧來供應軍營。這筆款子掌握在總督手裏，但也是捉襟見肘，入不敷出。

張之洞叫負責這項事情的總署吏目，將賬簿拿過來，整整盤算了一個晚上，好容易從湖北宜昌鎮綠營中擠出十二萬兩銀子出來。第二天召來湖北陸路提督程文炳，跟他談起這事。程提督叫苦不絕，滿肚子委屈，直到張之洞再三保證海軍衙門的銀子撥下後立即給綠營補上，程提督纔極勉强地答應了。

付出二萬三千兩銀子給歸元寺，把龜山的地買過來了。再付六萬兩銀子給駐英國公使劉瑞芬，把兩個煉鐵爐訂下。剩下三萬多銀子，一萬留給築堤和填土，一萬給大冶鐵礦，一萬給馬鞍山。三處雖可以開工了，但對鐵礦和煤礦來說，這好比盃水車薪，並不起多大作用。

他想起了身爲陝西巡撫的姐夫鹿傳霖，要不要求姐夫向陝西借庫藉一點銀子呢？這些年來，郎舅書信雖然密切，但公私還是分得清清楚楚。身爲湖督，卻向姐夫借債，話很難說得出口。但是，再也沒有別的法子想了，衹有這一條可行的路了。他硬着頭皮向姐夫陳述這一切，請求幫忙；爲不使姐夫爲難，他願意付以錢莊利息，能藉多少就借多少。二十天後他收到鹿傳霖的來信。姐夫體諒他這一片苦心，但身爲巡撫不好從藩庫借銀給內弟，衹好請他的幾個商界朋友幫忙，籌集了十五萬兩銀子，打三張金花大銀票夾在信裏派專人從西安送來。有了這十五萬兩銀子，雖可暫解燃眉之急，但與張之洞要辦的鴻圖大業比起來，仍然是區區之數。海軍衙門的撥款一直沒有消息，久病的黃彭年却壽終正寢了。他的兒子翰林院侍讀學士黃國瑾從北京趕到武昌弔喪。黃國瑾對父親的去世傷心欲絕，一連十多天茶飯不思。白天忙於跪地迎接各方弔客，夜晚睡在靈堂裏的草墊上。素日養尊處優體質單薄的黃國瑾受不了這個折磨，突然病倒了，但他還要堅持繼續履行孝子的職責。在一次大祭奠時，黃國瑾帶着病軀上靈堂，望着即將入土的父親櫺柩，他放聲痛哭，不可收拾，不料昏厥在靈堂。待到大夫趕來搶救的時候，他早已跟着父親的腳步走了。

這一下，黃府的喪事便更加悲痛也更加熱鬧了。武漢三鎮的官場民間，處處在傳頌着黃國瑾這個古今少見的孝子。各大書院均以這一生動的教材教育學子，各個家庭的父母也抓住這一難得的機會訓誡子孫。將三綱五常當做立身之本的張之洞，既深爲黃國瑾的孝行所感動，也深知藉此教化風俗的重要性。他以總督之尊親去黃國瑾的靈臺致祭，又和譚繼洵會銜朝廷，請求予以特別恩恤，並交付國史館立傳。原本對黃彭年反對洋務的行爲很是反感，也因爲他有如此孝子而予以寬恕了。

四　以包攬把持在湖北建國中之國

黃府的兩臺喪事折騰個把月後，一切又復歸於平靜。龜山及大冶、馬鞍山的三處施工在熱火朝天地開展，白花花的銀子每天水一樣地從庫房裏流出。眼看鹿傳霖借的十五萬兩銀子即將告罄，海軍衙門的專款仍沒有撥下，張之洞開始着急，心情也隨之變得煩躁起來。不少僚屬幕友都會無緣無故地遭到他的訓斥，有幾個性格剛烈的師爺受不了他的無禮，乾脆請長假回家去了。桑治平這幾個月一直在悉心教讀二公子仁梃。唐夫人生的仁梃今年晉二十，仍沒有中舉，明年又逢鄉試了，桑治平和他們父子心情一個樣，盼望他明年鄉試告捷。來武昌半年了，仁梃閉户不出，發憤苦讀，學生如此用功，老師當然不能懈怠。辦鐵廠所遭遇的種種不順，桑治平自然都清楚，他也正爲東家的大事着急。

轉眼到了初秋，荆襄大地令人難耐的酷暑已經過去，早晚涼風習習，正午時光也不很熱了。趁着一天張之洞心情較好的時候，桑治平提起一樁他思之已久的事。

『有一個地方，我想你一定會願意去的，今日有空，我陪你去看看如何？』

『什麼好去處？』

『胡文忠公祠。』

張之洞果然立時來了興致：『一到武昌，我就想去看看文忠公的祠，這些日子給鐵廠弄得六神無主，差點給忘記了，虧你想起。』

『我已打聽到在城南磨盤巷，但不知怎樣走。』

『我知道去。』

桑治平驚道：『你怎麼知道去？』

張之洞笑道：『你忘記了？同治七、八、九三年，我在湖北做學政，仁梃就出生在武昌城。』

桑治平也笑道：『真的哩，是我一時懵懂了。武漢三鎮，你是二十年後又重遊。』

張之洞說：『喫過午飯後，把大根帶上，就我們三人去看看，再不要驚動別人了。』

喫過午飯，張之洞身着便衣，由桑治平陪着走出督署。大根照例身藏暗器，短衣綁腿，做僕人狀緊隨其後。三人一路穿街過巷，向城南走去。

武昌城北臨長江，西門南門乃是通往湘粵大道的出口。東北一帶乃碼頭所在地，貨物集散，人員遊動，場景喧騰雜亂，是脚夫、流氓、乞丐的麇集之處。武昌的商業繁華區在城南。這裏店鋪林立，百貨充斥，街巷交錯，人口稠密，配合商務活動而起的酒樓、妓院、戲園子隨處可見。儘管三楚大地到處都是飢餓、貧困，但武昌連同對岸的漢口、漢陽城裏，却又是畸形的繁華，銀號金鋪裏盡皆肥馬輕裘之輩，酒樓妓院中多醉生夢死之徒。

南門大街右邊的一條窄窄的小巷便是磨盤巷，張之洞、桑治平來到祠堂前。衹見一道一人半高的青磚砌成的四方圍墻，圍住一個小院落。院子正中是一座雖不高但佔地也還寬闊的青瓦青磚木柱木樑的廳堂。一邊有四五間低矮的小平房。院子裏雜草叢生，幾隻母鷄在到處覓食，却並不見人影。

磚墻上泥漿剝落，磚縫中時見青苔壁虎，灰暗冷落中透露出濃厚的衰敗之氣。祠堂大門額上的『胡文忠公祠』竪匾，也是油漆斑駁，蛛網四結，兩邊楹柱上依稀可辨當年曾國藩贈給胡林翼的聯

語：捨己從人，大賢之量；推心置腹，群彥所歸。

他們進了祠堂。祠堂中間是一個大廳，東西兩廂有着四間小房。大廳正中是一幅胡林翼的半身畫像：圓形臉上微露着笑容，三綹稀疏的鬍鬚掛在下巴和兩耳之下，穿戴一品官服。畫像被煙火熏得黑黃黑黃的。張之洞仔細地端詳着，腦子裏竭力回憶恩師的形象。他覺得這幅畫像與恩師先前的模樣相差很大，分明是有意美化了。像前磚砌的平臺上竪立一座二尺餘高的神主，上面寫着：太子太保銜贈總督湖北巡撫胡文忠公諱林翼之位。兩邊還有一大堆高高低低亂七八糟的神主，顯然是當時一批死在戰場上的高級軍官的牌位。能在死後入祀胡林翼祠，這是對死者的一種褒獎。

神主的前面是一個極大的長條形石爐，這是香爐，但上面連一根竹簽子都沒有。石爐與平臺之間擺供菓燭臺的供桌也不見了。再看兩邊的廂房，衹有一間空閒着，其它三間都堆積了篾簍、麻袋、木箱，看起來不是祠堂的廂房，倒是存放什物的倉庫。這就是闊別二十年，一直在心中視爲聖地的恩師祠堂麼？張之洞呆望着眼前那座灰蒙蒙的胡林翼神主，簡直不敢相信。二十年前做湖北學政的時候，他曾多次前來瞻仰過。那時的光景，仍記憶猶新，歷歷在目。

當年的胡文忠公祠可是城南一大景觀。整個磨盤巷沒有一個閒雜百姓居住。新湘軍的三個哨官兵駐紮在此地。巷子里干戈林立，旌旗飄舞，一派兵營氣象。胡文忠公祠裏裏外外整齊乾淨，油漆鮮亮，一年四季香煙繚繞，燈火長明，供菓不斷，憑弔者川流不息。那種崇高莊嚴肅穆的氣氛，令人崇敬之情油然而生，不能不對祠主頂禮膜拜。

那時距胡林翼病逝不到十年，無論湖廣總督還是鄂省三憲，不是出自湘軍系統，便是與湘系有着密切關聯的人。曾國藩還健在，湘軍雖十裁八九，但從湘軍中走出的人員仍佔據着各省文武要津，尊

崇胡林翼及千千萬萬爲那場戰爭丟掉生命的湘軍官兵，不僅是爲了緬懷先烈，更是爲了保障未死者的既得利益。當時異乎尋常的崇祀，是可以理解的，但僅僅祇過了二十年，它不應該冷落頹圮至此呀！

張之洞的腦子裏，突然間冒出胡林翼咸豐六年寄給他的題爲《武昌軍次》的七律來：

十萬貔貅會武昌，天時人事兩茫茫。
英雄熱血吳江碧，醜虜妖氛楚塞黃。
虎帳夜談窗掛月，霓旌曉發劍飛霜。
相期嘗膽殲狂寇，愁看東南滿戰場。

這就是恩師從長毛手裏奪回的武昌城，如今對待恩師的態度嗎？當年跟隨恩師光復武昌的湘軍官兵，應有不少人仍在人世，統帥的祠堂尚且如此冷寂落寞，那些普通戰死者的遺屬境遇豈不更可悲？是人間無情，三十年的光陰足可以將赫赫戰功沖刷得無跡可尋，還是當年那一時的戰功本就不值得長留天地間？若說胡文忠公這樣的人都不值得久傳，那事功勛名還有追求的必要嗎？

桑治平見張之洞無語久佇，知他必爲祠堂的敗象而神傷，景況之糟也出於他的意外。他悄悄吩咐大根出去買些燈燭菓品來，順便把守祠堂的人叫來。

一會兒，一個三十來歲拖着一隻跛脚的男子進來，那跛子見到張之洞，跪在地上大聲說：『不知制臺大人駕到，小人有罪！』

顯然是大根剛纔訓了這人幾句，又透露了張之洞的身份。張之洞望着跛子，問：『你是守祠堂的？』

『是的，小人在這裏守祠堂。』

『聽你的口音，不像是本地人。你是湖南來的嗎？』

『是的，小人是湖南益陽人。』

『你是怎麼到這裏來的？』

『回制臺大人的話。』跛子心神已安定下來，按照官府的規矩回答，『小人名叫胡家信，是文忠公的遠房本家。早先本是小人的伯父在這裏看祠堂，小人一直跟父母住益陽鄉下。八年前伯父去世，小人從益陽來到這裏，接替伯父看祠堂。』

張之洞說：『二十年前我來過這裏，祠堂好像有四五個人在看，那些人呢？』

『回大人，』跛子答，『原本是有五個人，都是從益陽鄉下投奔文忠公的。因在打仗中受了傷，或斷手或殘脚，蒙文忠公家人照顧，在這裏看祠堂。官府每人每月發兩吊錢，我的伯父是其中一個。剛開始幾年，官府按月發，後來總是拖欠，也無人管。這樣拖了三五年，有人呆不下去，走了。到後來，都走光了，祇剩下我伯父一人。伯父打斷了兩條腿，離開祠堂無處可去。他靠着每年死皮賴臉向官府討來的幾吊錢勉強度日，臨死時他叫我來接替。他說，好歹這裏有幾間房子可以安身，多少也有幾吊錢，你可以再找點門路賺幾個，總比在益陽鄉下强一點。』

張之洞心想：怪不得祠堂弄成這個樣子，連幾吊薪水都不發，他怎麼會用心來看管？湖廣官府眼裏，哪裏還有文忠公一絲半點地位？

張之洞指了指房裏堆的雜物問：『那是些什麼東西？』

跛子瞥了一眼後忙說：『回大人，這些東西都是別人寄存在這裏的貨物，小人也是沒有辦法，靠收幾個租錢過日子。』

張之洞在心裏嘆了一口氣，又問：『我記得二十年前祭堂上有一尊胡文忠公的泥木塑像，怎麼不

見了？』

跛子答：『原本是有塑像的，四年前，一群綠營兵喝醉了酒，在祠堂打起架來，把文忠公塑像打得一塌糊塗。小人稟告官府，官府不聞不問。小人拿不出錢來爲文忠公重塑，衹好用一吊錢請個畫匠畫了一幅文忠公的像。』

原來如此！相對於官府的淡薄無情來，這個跛子還算是有點情義。

這時大根捧着一大把香燭菓品進來了。桑治平説：『張大人要祭奠胡文忠公，你把靈台左右清理一下，再把那間廂房打掃好，燒點開水，也讓張大人坐下歇一歇。』

『是，是。』跛子答應着出了門。

片刻工夫，跛子重新走進來對張之洞説：『請張大人到外面院子稍坐一會，小人把這裏打掃一下。』

張之洞、桑治平走出祠堂。衹見院子裏已擺好一張小四方桌，方桌上擺上了茶點，旁邊放着四條凳子，張之洞等人坐下。跛子帶着一個二十多歲的小夥子在屋裏忙碌着，纔一袋煙工夫，當張之洞、桑治平再次走進祠堂時，與剛纔大爲變了樣：靈台上的大大小小的神主已重新擺過，這些神主圍繞着胡林翼的牌位，按大小高低井然有序地分立兩旁。三十多年前，這些人都一個個活生生地恭立在主帥的旁邊，議論戰事，等候將令，而現在，統統成了一座座木牌子，怎能不使人感慨唏嘘！

擡頭看胡林翼的畫像，四周的蛛網也給抹去了，衹是黑黄黑黄的煙灰塵土無法清除。這是歲月留下的積澱，豈是人力所能撣抹？長形供桌也不知從哪裏拱出來了，上面盡是斑斑駁駁的油漬裂縫。大根帶來的各色瓜菓已被幾個碟子裝好，石爐已擺正，上面擺起了燃着火光的白燭黄香，煙霧裊裊，香氣彌漫。有了這一股迷迷蒙蒙遮遮掩掩的煙霧氣，祠堂彷彿立時神秘起來、崇高起來。恩師的祠堂應

當長年四季都是這個模樣纔對。張之洞喃喃自語，從石爐裏拈起三根綫香，跪在臨時擺好的棕墊上，向着胡林翼的畫像和神主磕了三個頭，然後挺直着腰膀，默默禱告：

『恩師在上，託祖宗神靈保佑，託恩師之福，弟子今天終於能以兩湖之主的身份前來祭奠。祠堂這般冷清，想必您在天之靈深受委屈。弟子既爲兩湖之主，就不能眼看這種景况繼續下去，務必重修祠堂，改换舊貌，讓恩師神主面前日日鮮花供菓，夜夜煙火繚繞。願恩師在天之靈安息，願恩師庇佑弟子在兩湖的事情順利成功。』

張之洞禱告完畢起身。桑治平也拈了兩根香，跪在棕墊上，向胡林翼磕了三個頭。

這時，跛子在旁邊説：『廂房裏已擺好茶水，請張大人進去歇息。』

那間惟一没有堆放雜物的廂房被打掃得乾乾淨淨，剛纔放在庭院裏的那張小方桌，連同桌上的茶點及矮凳都端了進來。大根和衙役在祠堂外面游弋，桑治平將廂房門虛掩後，坐到小方桌邊，向張之洞建議：『我想應把這個祠堂好好地擴建一番，我看了圍墻外邊的情况，不需要動遷民居，便可將範圍擴大兩倍。』

張之洞説：『擴大兩倍，有這個必要嗎？我衹想把它修繕一下，再給文忠公塑一個金身泥像，取代那幅畫像。』

『塑個身自是應該的。我建議擴大兩倍，不僅僅爲了尊崇胡林翼，還有另外一層意思。』桑治平端起茶碗，悄悄地説，『武昌城裏應當有一座賢良寺。』

一提起賢良寺，張之洞立刻就想起那座花木掩映的小別墅，想起清風閣裏與堂兄的親切密談，想起在那裏初識桑治平。京師賢良寺可不是一座單純的驛館，它是一個負有特殊使命的政治場所。聯絡

聲息，秘密會談，安置絕密人物，包括中樞要員的暫時隱棲，都是賢良寺的職責。儻若武昌城裏也有一個這樣的處所，那真是太好了。要是單獨建，自然引人注目，招人非議，將它隱於胡文忠公祠堂裏，便有諸多方便。望着桑治平眼內閃爍的神采，想起他突然提出的來祠堂的動議，張之洞突然悟到：桑治平是不是有什麽重要的話要在這裏對我說。於是興奮地說：『將文忠公祠堂擴建爲類似京師的賢良寺，這是一個好主意。仲子兄，我們很久沒有好好地說說話了，關於這件事，我想你一定有不少新的想法。祠堂內外無礙事之人，就不妨敞開胸懷來談談。』

『這幾個月來，我走遍武漢三鎮，深感此地江山形勝，風水絕佳，是個出大才幹大事的地方。怪不得古時杜預、羊祜，今世胡林翼、羅澤南都在此地建立了不世功勛。朝廷放你到武昌來做湖督，真是爲你提供了一個極好的舞臺，若善加利用，杜羊胡羅之功亦可再出。』

『武漢三鎮是個軍事要衝，要説建軍功，的確是個好地方。』張之洞輕輕嘆了一口氣說，『我們現在要辦的是洋務，怕不見得有多少優勢。腹省幹綫眨眼間就吹了，鐵廠這事，看眼下情形，也不知何年纔能建起，胡羅之功，怕是難以後繼。』

『不然。』桑治平斷然説，『武漢三鎮氣勢很好，是英雄豪傑的發祥之地。依我之見，鐵廠一定可以建成，腹省鐵路過幾年也會開工的。今日天下形勢，已是外重內輕、强枝弱幹，爲有志督撫提供了做大事業的可能。但督撫要做大事業，一要佔據重鎮。海內重鎮，京師之外，當數保定、江寧、廣州、蘭州幾處。武昌地處腹心，交通便捷，素有九省通衢之稱，更有其他重鎮不及之處。胡羅以此成大業，非惟人和，更仗地利。二是要長時間的經營。本來治理一方水土，沒有一段長時間是不行的，勾踐説越國要强盛，當十年生聚十年教訓，需二十年時間。自古以來，朝廷爲防地方大吏培植親信形成自己的勢力，故而頻繁調動，這就使得地方大員們不能有所作爲。當然朝廷本來就不指望疆吏有所作爲，衹要穩定秩序，交糧交税就行了。近世於此有些變化。』

張之洞雙目炯炯，顯然對此極有興趣。

『前朝前代不去説，就拿國朝來說，督撫在一個地方任職十年以上極爲少見，近幾十年來則打破了這個常例。左宗棠從同治五年起任陝甘總督，直到光緒六年，一任十五年。李瀚章同治六年起任湖廣總督，直到光緒八年，一任十六年。李鴻章從同治九年起任直隸總督，直到今天已在直督位置上坐了整整二十年。』

先前對此沒有留心，經桑治平這一指出，倒真的是這麽回事。李鴻章還不到七十歲，身體硬朗，直督這個位置說不定還有十年八年坐，一坐這麽多年，的確罕見。

『李瀚章本是庸才，衹是沾着乃弟的光，纔有這好的命，他辜負了兩湖給他提供的條件。若説左宗棠、李鴻章，真是得虧了長期穩定，纔在蘭州和保定做出令世人刮目相看的業績。而陝甘、直隸也便真正成爲大清國的國中之國了。』

『國中之國』！張之洞猛然想起閻敬銘那年在榆次驛館的深談，他說胡林翼之所以成就事功，第一條便是將湖北變成國中之國。

張之洞興奮起來說：『仲子兄，我知道了，你今天之所以讓我來文忠公祠堂，就是讓我重温文忠公當年將湖北建國中之國的歷史！』

『對呀，就是這個意思！建國中之國。』桑治平再次將這四個字强調了一下。

張之洞說：『建國中之國，按你的説法，除佔據重鎮外，還要有長時期的經營。但這點掌握在朝

廷的手裏，並不是由自己所能決定的。』

桑治平說：『掌握在朝廷手裏是不錯，但人爲之力要起作用。我想長期固定在一個地方的最大可能，便是不斷地在這裏興辦大事。』

張之洞笑道：『你我不謀而合了。』

『鐵廠是件大事，要辦多年。鐵廠初具規模後，就辦槍砲廠。再辦織布廠、紗廠、制麻廠，過兩年就得把腹省鐵路再提出來。你張香濤在兩湖熱火朝天地辦大事，朝廷滿意，不想調，你經辦的事情別人插不進手，也不能調，這不就長期經營下去了！』

張之洞說：『我爲了强國富民，要大辦洋務，你爲了要讓我長保湖督，也要大辦洋務，這是應了一句老話……』

『殊途同歸。』桑治平替張之洞點明了結穴。

二人對視着，哈哈大笑起來。

『但是眼下困難太多了，銀錢緊絀，工匠缺乏，湖北撫藩臬三大衙門都不支持，鐵廠還不知什麽時候能辦得起來。』

『銀錢、技師都是困難，但最主要的困難還在於湖北省。』桑治平收起笑容，嚴正地說，『當年胡林翼帶兵打仗，若沒有官文的支持，則事事難成。因爲官文是制軍，軍事上的事由他做主，情勢迫使胡林翼要出下策籠絡官文。今日你要興作，沒有湖北撫藩的支持，也很難成事，因爲錢糧在他們手裏；即使海軍衙門同意撥給你銀子，這銀子也要由湖北藩庫出，祇不過在上繳的數目中劃出這部分罷了，這已是近幾十年來的通例。所以，歸根結底還得靠湖北。』

張之洞不懌地說：『文忠公當年以認官文姨太太爲乾妹的做法，其心可憫，但這點我張某人做不到。譚繼洵由姨太太扶正的夫人，今年也祇四十幾歲，但要我認她做乾妹，我無論如何不會這樣做。』

『香濤兄，你也太拘泥了！』桑治平失聲笑了起來，『官文是滿洲親貴協辦大學士，又是從荆州將軍調到武昌的湖廣制臺，無論從哪個方面來說，都在胡林翼之上。譚繼洵怎麽能跟他比，何况如今你身爲制臺，也不能低這個格。你難道不記得那年閻丹老對你傳授的胡林翼治鄂秘訣嗎？』

『你是說「包攬把持」這四個字？』

『對。胡林翼要達到的目的無非是包攬把持。手腕可以不同，祇要達到這個目的就行。你無需倣胡氏故伎，眼下有一個極難得的機會，若利用得好，也可達到這個目的。』

張之洞移動了一下身子說：『你仔細說。』

『這個機會便是因黄彭年的去世而造成的鄂藩缺位。』桑治平喝了一口茶，不緊不慢地說，『若新任鄂藩與你同心同德，湖北的阻力就要小得多。』

『你說得很對！』張之洞覺得自己的心扉被打開一點，一束陽光射了進來。

『趁着朝廷尚未定下人的時候，提出一個鄂藩的人選來。你心裏有合適的人嗎？』

張之洞默默地在心中將平日貯藏的人才夾袋調了出來，一個個地排列着。『我看還是王之春這個人比較合適。此人器局開張，熱心洋務，辦事幹練，與盛宣懷、鄭觀應等人也很熟，今後可以藉助這層關係與洋人打交道。』

『王之春是個做事的人。』桑治平與王之春同赴越南考查，對他比較瞭解。『還有一點，他是你在廣東一手從雷瓊道提拔爲臬司的，這次你又將他擢升爲藩司，他自然是對你忠心耿耿。』

張之洞一邊思忖一邊說：『廣東方面情形也較爲複雜。巡撫一職一直由游智開護理。游智開已過七十，最近又病得厲害，他向朝廷具摺請開缺回籍，估計朝廷會接受。若王之春不離廣東，極有可能升藩司。讓王之春自己挑，跟李瀚章，還是跟我，他自然會願意跟我。王之春要是來湖北了，誰又去廣東呢，也得幫朝廷物色一個來。』

桑治平沈思片刻說：『我有一個主意，推薦臬司成允去廣東做藩司，這有兩個好處。一則成允是世鐸的遠親，世鐸會願意幫他，他自己京師門路也熟。若你向他表示要薦舉他去廣東做藩司，他一定會傾力在京師活動，促成此事，王之春從廣東調來湖北事就好辦多了。二來可騰出鄂臬一職，再招來一個同心同德的人。譚繼洵雖對洋務不熱心，但此人是個本分君子，且年老氣衰，幹不了大好事，也幹不了大壞事。他不過是求平安無事保頭上的烏紗帽而已。若藩、臬齊心支持你，他也不會從中作梗，上次他最後還是同意拿出十萬銀子來，便是最好的說明。』

『這樣移動一下，我得力助，成允得升官，一石雙鳥，好極了！』張之洞興奮地說，『臬司我已有一個好人選。江西義寧人陳寶箴，十多年前我在京師就認識他。此人器宇宏闊，能辦實事，我多次向朝廷保舉過他。三年前在浙江按察使任上被人無端彈劾，現在京師賦閒，正好讓他到武昌來頂成允的缺。』

『你此時保薦陳寶箴，無疑雪中送炭，他自然感激不盡。』

『那就這樣定了，這道摺子得趕快上。』

二人正要起身，走出廂房，突聽得祭堂裏有人在似弔非弔似哭非哭地喊道：『潤芝先生，爲了一點蠅頭之功、螢火之名，你五十歲就死了，值得嗎？』

張之洞輕輕地說：『好像是吳秋衣在說話。』

『這是個極有趣的人，我去會會他。』

『不要打擾他，且聽他說些什麼？』

兩人側耳聽時，衹見沈寂一會的祭堂裏，又響起了濃重的四川口音：『潤芝先生，我是四川的一個布衣小民，久聞您的大名，這次來武昌，特爲到此來看看你的祠堂。世上都說你是個了不起的人，你自己也一定以偉男子自居，殊不知，都大謬不然。』

張之洞聽了這話，眉頭皺緊起來。桑治平却因此更增加了興趣。

『你若不死的話，今年還衹有八十歲，正是兒孫滿堂、四世同樂的時候。春風觀花，冬日曬背，與鄰下棋，含飴弄孫，人生有幾多樂趣可供八十老人享受。你却爲籌謀糧餉，爲調和人事，爲算計別人，爲衛護爵禄而日夜不安，終於嘔血而死，連個一男半女都沒留下。你以爲你是爲了朝廷百姓，而今，朝廷依舊腐敗，百姓依舊困苦。你以爲你是爲了自己的身後之榮，而今纔過三十年，你的祠堂便已頹廢如此，冷清如此！再過三十年，怕連這個祠堂都不復存在了，誰還知道有你這個胡宫保胡文忠公！人生衹有這一回，你不舒心暢氣快快活活地過日子，偏要天天提心吊膽、寢食不安，用三十年陽壽換取這一座冷廟、半幅畫像，你值得嗎？我的潤芝老前輩呀！』

祭堂的大聲喊叫停止了，從腳步聲聽得出，說話的人正在向門外走去。桑治平說：『我們出去和他聊聊吧。這個老朋友是個有自己頭腦的人。』

張之洞凝神片刻說：『讓他走吧，不要壞了他的情緒，改天我們再到歸元寺去看他。銀子還沒消息，我現在最想的是這樁事，不知是卡在户部，還是卡在海軍衙門？』

第十二章　參劾風波

一　爲獲取信賴，候補道用高價從書呆子手裏買來一部《解讀東坡》

爲興辦漢陽鐵廠請款的奏疏移到户部很長時間了，翁同龢有意壓着不辦。

翁同龢的侄子翁曾源與張之洞爲同科鼎甲。故翁同龢與張之洞非但無個人嫌隙，反倒多一層情誼。張之洞與翁氏叔侄關係一向不錯，但幾年前却決裂了。

這原因是因爲張之洞的開禁闈賭。出身閥閱世家的翁狀元十分注重性理品操。廣東賭徒的眼睛居然會盯住鄉試，這令翁同龢不可思議。鄉試乃朝廷掄才大典，神聖而清高，怎能與賭博掛上鈎？翁同龢堅決主張取締這種非法賭博。後來廣東官府嚴令禁止，翁同龢是十分擁護的。張之洞以清流出身的兩廣總督，居然可以爲了幾個錢冒天下之大不韙，解除這道禁令，讓罪惡之賭在廣東再次泛濫，這哪裏算得上聖門之徒，這又怎麽配做總督？所以儘管張之洞有關外之捷，翁同龢仍不喜歡他。他的請款奏疏移到户部後，翁同龢公然對下屬説：『暫時壓一壓，看他張之洞又會想出什麽點子來。』

直到成允四處在京城活動，幫成允説話的人來到醇王府，説起湖北的事情和張之洞辦鐵廠的艱難時，重病中的醇王派人給翁同龢帶去他的口諭：户部不要在用款上爲難張之洞，他在湖北辦洋務不易，要支持。

翁同龢不敢不聽醇王的話，於是同意給漢陽鐵廠撥款二百萬。另外附帶兩個説明：一是這筆款子

即爲鐵廠的全部撥款，今後不再追加；二是銀子從光緒十六、十七兩年湖北應上交給户部的四百萬兩鐵路籌款中扣除。正是桑治平所預料的：羊毛出在羊身上。

由於張之洞的力薦，也由於成允本人在京師的得力活動，更因爲醇王的支持，張之洞所期望的人事安排完全達到了預期的目的：王之春從粵臬升調鄂藩，陳寶箴官復原職，放湖北，成允升調粵藩，皆大歡喜。

有了熱心洋務的湖北藩、臬的幫襯，又有了户部允准的銀子，張之洞決心步胡林翼的後塵，利用荆襄江漢這塊廣袤的土地，大力興辦洋務，把漢陽鐵廠建成世界第一流的鋼鐵工廠，既爲朝廷立一個强國富民的樣板，也爲自己在千年史册上留個美名。

龜山脚下成千民夫在填土築堤，一派熱火朝天的景象。大冶鐵礦、馬鞍山煤礦沈寂多年後又開始熱鬧起來。附近的百姓都知道，新來的張制臺在這裏採礦挖煤了。這時，鐵政局督辦蔡錫勇又將閻敬銘早已看好的徐建寅引進湖北。

徐建寅的父親徐壽，是近代中國一位著名的科學家、工程師。早在咸豐十年，曾國藩在創辦中國第一個洋務工廠——安慶内軍械所時，徐壽就與因翻譯《幾何原理》而出名的數學家華蘅芳應聘來到安慶。在這裏，徐壽造出中國第一枚開花砲彈，研制中國第一艘蒸汽輪船。後來徐壽又和華蘅芳一起來到上海江南機器局，創辦中國第一個翻譯機構——江南譯書局，翻譯一批化學物理等西洋書籍，並培養了一群中國最早的洋務人才。徐建寅爲徐壽的次子，從小受到嚴格的家庭教育和良好西學熏陶，勤奮好學，中西會通。他在江南機器局、福州船政局、天津機器局做過事，又作爲使館參贊駐德國一年多。其學識和能力均不在乃父之下，現剛四十出頭，正是年富力强的大好時光。他和蔡錫勇一樣，

雖出没於達官貴人之間，却不受官場污染，潛心於自己的學問技藝，故與蔡錫勇成爲好朋友。湖北正需要徐建寅這樣的洋務人才，徐建寅也正需要湖北這樣的洋務舞臺。張之洞久仰徐壽大名，對徐建寅十分禮遇，當即委任他爲湖北鐵政局會辦，並請他負責大冶鐵礦的勘查、開工等事宜。湖北鐵政局原有蔡錫勇、陳念礽等一批洋務骨幹，現在又得了徐建寅，力量大爲加强。但鐵政局及其下屬的鐵廠、礦區有着大量非技術性的事情，如銀錢管理、文案、後勤等等都需要得力的人去辦，更迫切需要一個總管這方面的人才。

趙茂昌看出鐵廠將是一個奇貨可居之處，他請求張之洞派他去鐵廠。張之洞説：『你是督署的總文案，你不能去鐵廠辦那些事，那些事好比當年胡文忠公打仗的後路總糧臺，得有一個閻丹初式的人去做。你幫我物色一下，找個能幹又可靠的人出來，你今後可以代表我或是代表督署去鐵廠稽查，好比朝廷派出的欽差大臣一樣。』

趙茂昌聽了這話，打消做鐵廠糧臺總理的念頭。他尋思着今後以張之洞的私人代表身份更好，既不負實際責任，又可以坐得大利，物色一個人來代替，倒的確比自己出任更好。

有趙茂昌這種眼光的人，在湖北官場中不少，尤其在候補官這一群體中更多。當時湖北有候補道、府、縣及佐雜近八百人，他們的頂子都是用錢買來的，十之八九也是想以此賺取更多的錢。但這個生意也不好做，賺大錢的固然有，偷鷄不着蝕把米的也常見。現在武昌來了個張制臺，這個張制臺要辦鐵廠、辦槍砲廠，要開煤礦、開鐵礦，他一紙奏摺，就招來二百萬兩銀子，而且據説這銀子今後還要源源不斷地從户部國庫、從洋人銀行裏引來，白花花的銀子將會像海水一樣的流入湖北，流入武昌城。張制臺興辦這麽多的洋務衙門，給死板老套的官場平添成百上千個自古未有的職位。這職位一天

到晚跟銀子打交道，順手將幾百兩銀子放進腰包，簡直如游泳時張嘴吸口水樣的順當容易。今日拿印把關，明日便可暴富！據説張制臺辦洋務造出的鐵塊、鋼材將可以跟洋人媲美，各省都會來購買，洋人也將來訂貨，日後黄金白銀會堆得山一樣的高。所有在洋務衙門裏做事的人都可以按官職大小每年分紅，多的可達數萬，再少也比一個縣令的俸禄要多。

張制臺真個是財神菩薩呀！這些個以發財爲惟一追求又無實際職守羈絆的候補官員們，除極少數腦子尚未開竅者外，個個都想削尖腦袋向新辦的湖北鐵政局裏鑽。

現任的道府知縣與候補官相反，因爲官運正好，既有銀子，又有前途，幾乎没有人想進洋務局所。張制臺辦的洋務，看似熱熱鬧鬧，但成敗尚不可預料，絶對犯不着爲了一個會辦、協辦、總辦等野碼頭官來換朝廷欽賜的烏紗帽。

不過，這些大人老爺們有着衆多的七姑八姨内侄外甥。他們没有官職，他們比一般百姓更想發財——因爲他們有一個可依賴的權勢。這中間的不少人也有這個慧眼，知道進了洋務局所便是與洋人沾上了邊，既可以發財，又可以攀上高枝。於是紛紛託自己做官的親人前去聯繫。於是，候補官場與裙帶官場相匯合，一時間，湖廣總督衙門、湖北鐵政局以及漢陽鐵廠、大冶鐵礦、馬鞍山煤礦籌辦處的門檻都幾乎踏破。親自來的，託人關照的，各個衙門的大人老爺打發人來遞條子的，絡繹不絶。洋務還没辦起來，到這裏來求發洋財的、混飯喫的就如蒼蠅逐臭般地蜂擁而至。

鐵政局的督辦蔡錫勇、會辦徐建寅、協辦陳念礽等人都是科學技術人員，既不善於應付，也厭煩於人事，便把這件事統統推給總督衙門。張之洞讓總文案趙茂昌接待這些人員，但發下一句話，所有進入洋務局所的候補官員以及所有股處部門負責人都得由他一人定奪，任何人不得擅自作主。張之洞

力圖嚴把這道關口，杜絶無能而貪墨之徒混進他所主辦的洋務局所。

張之洞這個決定雖然使一部分人望而却步，但更多人並没因此而膽怯，他們在尋思對策，以便順利通過張之洞這道關口。他們不約而同地看中了督署文案處，特别是看中了總文案趙茂昌。張之洞高高在上，不能隨便接近，趙茂昌却容易交往。張之洞日理萬機，政務紛雜，不可能對所有欲進洋務局所的人透徹瞭解，他衹能通過趙茂昌的介紹。趙茂昌這一關纔是真正的關口。就這樣，趙茂昌的家幾乎成了集市。他精於此道，方方面面都應付得圓熟。

在湖北省四十餘名候補道中有一個名叫栗殿先的人，籍隸江蘇丹陽，父親在丹陽城裏開着一個絲綢鋪，家道殷實。栗殿先二十多歲中了秀才，以後十年間三次應舉均不第。其父花四萬兩銀子爲他捐了一個道員，五年前分發湖北。栗殿先科場上雖不順，爲人却八面玲瓏，做事精明能幹。仗着這個本事，五年來他在湖北候補官道中算是最爲走紅了。他先後辦過三次長江堤工。這是湖北省内最大最肥的優差。栗殿先辦堤工，看起來堤修得結實美觀，賬面上也做得乾乾淨淨，不露貪污挪用的痕跡，實際上三次堤工下來，他悄没聲息地將三十萬銀子轉到了自己的腰包。他又知道財不能獨發的道理，從中拿出五萬兩發給身邊幾個貼近的下屬和分管一些重要部門的吏目，又從中拿出十萬兩銀子出來打點湖北省和武昌府、漢陽府的有關衙門，把事情做得四面八方都順順溜溜。既辦了事，又撈到了銀子，還得了好口碑，真正是個官場中的奇才異能。

張之洞來到武昌不久，他就跟督署新班子中的不少人混熟了。丹陽與常州相隔不到百里，口音接近，趙茂昌與栗殿先一見投緣，談起家常來，又知道彼此原來是親戚。栗殿先的一個遠房姑媽嫁到常州，做了趙茂昌表兄的太太，栗殿先立即叫趙茂昌爲表叔，趙茂昌也一口就應了。栗殿先極望能在督

第十二章　參劾風波

署中巴結上一個有實權的人物，趙茂昌也期盼在湖北官場中有一個可靠的心腹，兩人一拍即合。短短的一兩個月内，栗殿先不斷地給趙家送古董、稀奇洋鐘、洋呢，打銀票包封，近一萬兩銀子的禮金來到趙茂昌的家中後，兩人的關係便親密得跟一個人似的了。

栗殿先一眼就看出鐵政局是個强過堤工十倍的好差事，心裏對此已經琢磨很久了。張之洞將爲鐵政局物色一個主管後勤的協辦一事委託給趙茂昌時，趙茂昌也想到，栗殿先是一個最合適的人選。在一個酒酣耳熱的晚上，趙茂昌向栗殿先説出這個想法。栗殿先聽了心裏一陣狂喜：『表叔，如果您替侄兒謀了這個差使，侄兒這一輩子就是您的孝順親兒子。』

趙茂昌笑着説：『我有三個兒子，不缺你這一個。你今後衹要不忘表叔，一個心眼跟着表叔就行了。』

栗殿先立即説：『表叔於侄兒恩同再造，今後辦什麽事，表叔衹要發個話，侄兒赴湯蹈火萬死不辭。』

『赴湯蹈火的話以後再説吧！先去弄一份扎實的履歷表來。』趙茂昌拿起一根牛骨牙籤，在牙縫中剔了幾下後説，『履歷表裏要把哪年進的學，哪幾科考舉人，都要寫得詳詳細細。張大人看中的是讀書人，你雖然没有中舉，但場屋裏進出個幾次，也是一個讀書人了。』

『是的，是的。』候補道員恭敬地聽着總文案的指教，猶如現任道員聽制臺的訓話一樣。

『履歷表還要詳詳細細地寫好到湖北來辦了哪些差，這些差辦得如何。張大人看中的是做實事的人，你辦的差事越多，他越看重。』

『是的，是的。』栗殿先連連點頭。

『還有，』趙茂昌又剔了兩下牙縫，『武昌城裏幾大衙門的爺們都要關照一下，不要拆你的臺。張大人是個辦事實在的人，他會派人去查訪你履歷表上寫的真僞如何。』

栗殿先的額上冒出一絲熱汗，臉上堆滿感激的笑容：『表叔是真的疼侄兒，侄兒照辦。』略停一會，他又試探着說：『表叔，您看侄兒要不要向張制臺表示表示一下？』

『不要！』趙茂昌放下牙籤，堅決地說，『張制臺這人脾氣有點怪，您若去表示什麼，這事立刻就吹了，說不定今後連別的差事你也撈不到。』

捐班道臺背上沁出一陣冷汗，忙說：『表叔教導的是，教導的是。』

趙茂昌的眼睛盯着桌上的那支牙籤看了半天，慢慢地說：『你不要給張制臺送禮，但你若給他送一件另外的東西的話，那這樁事成的把握就更大了。』

栗殿先眼一亮，趕緊問：『什麼東西？』

趙茂昌慢悠悠地說：『張制臺一向喜歡吟詩作賦，過去做史官學臺時，每年都要寫個上百首詩。自出任山西巡撫來，政務太忙，没有時間寫詩了，但每天夜裏睡覺前一定還要讀上幾首唐詩宋詞。』

『哦，我明白了。』栗殿先接話，『表叔是要侄兒送幾本宋刻元槧的唐詩宋詞。』

『不是。』趙茂昌打斷栗殿先。『宋刻元槧的唐詩宋詞就如珍寶古玩一般，你送給他，和送重禮不是一回事嗎？這東西送給那些明裏不要錢心裏要錢的人最好。但張制臺不是這種人，你送他這個，他一樣會訓斥你。』

『那又是什麼東西呢？』栗殿先摸了摸光溜溜的頭頂，一時想不出來了。

『張制臺於唐宋詩人中最喜歡蘇東坡。他親口對我說過，凡所到之處，若該地有東坡的遺址舊跡或祠堂之類，他一定要去憑弔，感受蘇東坡的靈氣。你若是能寫一部關於蘇東坡的書送給張制臺，那他一定很高興，會認爲你是一個很有才學的人，立刻就會重用你。』

這可是給自認爲天下無難辦之事的候補道臺，出了一個大難題。漫說他過去的讀書生涯，衹不過是在四書文應制詩裏打轉身而已，何曾讀過幾部真正的學問之書？李杜韓歐蘇辛等人，也不過聞其名而已，並没有認真去讀過。要他去寫一部關於蘇東坡的書，這不是叫描紅郎去保和殿裏考書法嗎？退一萬步說，即使能寫，寫一部蘇東坡的書，又談何容易，没有兩年三載的時間能寫得出嗎？兩三年後鐵政局協辦的位置不早被人佔去了嗎？栗殿先愁眉苦臉地說出自己的難處。

趙茂昌冷笑道：『虧你是個會辦事的能人，腦袋瓜子怎麼這樣不開竅！』

『請表叔點撥侄兒！』知道督署裏這個真正的能人心裏已有高招，栗殿先忙恭敬地請求。

『哪裏要你自己去寫！武漢三鎮裏的書呆子多的是，你也不用到處找，就到經心書院裏去就行了。那裏有的是喜歡蘇東坡的人。你先找一個出題的人，出它十個題目，然後再找十個人來，每人按題作文，不要一個月一部書就出來了。這些書呆子大多清貧，你衹要出高價，他們自然會樂意連文帶名一併賣給你的。』

『好極了！』候補道臺不得不佩服督署總文案的過人聰明，他起身謝道：『侄兒永世記得表叔的恩德。』

一個月後，一部題作《解讀東坡》的大書，由趙茂昌親自送到張之洞的面前。張之洞翻開這部裝裱精美、字跡端秀的書，一口氣連讀了兩篇文章，心裏十分舒暢。張之洞喜歡東坡，已到了偏愛的程度。在外放晉撫之前，他也曾有過爲東坡寫一部書的念頭，但因他太熱中於時務的緣故，不能長時期

潛心静研，書當然無法寫成。做了督撫，一天忙忙亂亂的，連一首詩都難以吟了，更何況著書立説？

『寫這部書的栗殿先，好像是個捐班道員。』

『是的，是的。』趙茂昌忙説，『他來過督署兩次，衹是没有機會見到您。』

『一個捐班能有這等學問，也真的不錯。』張之洞感嘆着。『你跟他熟嗎？這人在湖北辦過些什麽差？』

『卑職與他打過幾次交道。他來湖北五年了，辦過十多件差事，在公安一帶辦過三年河工。』趙茂昌説着，從袖袋裏取出一個手本來，遞了上去，『這是栗殿先的履歷本，請大人看看。』

張之洞慢慢地翻開栗殿先的履歷：祖父拔貢、父親秀才，本人年紀三十七歲，二十二歲中的秀才，先後參加過己卯、壬午、乙酉三科鄉試，皆不售，三十二歲以捐班分發湖北。張之洞在心裏説，此人讀書人家出身，十年間進過三次鄉闈，聖賢之書想必爛熟於胸，不第是命運不濟，比起那些連貢院大門都没進過的捐班來，要强得多，怪不得他能寫得出研究蘇東坡的書來。他繼續看着：辦過放賑、施藥、築堤等事。還管過税卡、稽查過私鹽、暗訪過命案等等，張之洞合上履歷卡，對趙茂昌説：『這倒是個會讀書也會做事的人。』

趙茂昌説：『卑職見過湖北候補道府，少説也有三四十名，這個栗殿先，可説是最出類拔萃的。依卑職看，不但湖北候補官員中無人可及他，就是現任的道府中也少有人比得上。大人叫卑職注意爲鐵政局物色一個協辦，卑職留心觀察，這個栗殿先是個最適合的人了。』

張之洞説：『明天上午，你帶他來讓我見見。』

晚上，當趙茂昌把張之洞要接見的事告訴栗殿先時，他歡喜之餘，又不無擔憂：『表叔，你是知

道的，這部蘇東坡的書是請人捉刀的，萬一張制臺要跟我深談蘇東坡，那不會露馬脚了嗎？』

趙茂昌笑了笑説：『你看看，到底是偷來的鑼鼓打不得的，着急了吧！這就要看你臨場表演的本事了。現在是有這個運，就不知你有這個命没有。』

栗殿先急得頭上冒汗，央求：『表叔得幫侄兒一把。』

趙茂昌説：『這是當面見真相的時候，怎麽能幫你？莫非叫張制臺不見你了？』

『不是這個意思。』栗殿先情急智生。『侄兒把這部書也讀熟了，若張制臺問起蘇東坡一般的事，侄兒也答得出點，怕的是他提出什麽古怪的問題來。侄兒求表叔幫一個忙。表叔事先準備好一件别的事情等着。到時張制臺問的事侄兒答不出來了，便用雙手正一正衣領，這是個暗號。表叔見了這個暗號，趕緊就用準備的事來岔開，最好就此讓張制臺打發侄兒走。表叔幫侄兒這個忙，好比救侄兒一命。』

趙茂昌哈哈大笑：『虧你也想得出這個點子來，真是個乖角兒，就不知到時能不能哄得過。哄得過是你的命大，哄不過就自認倒楣了。』

第二天，栗殿先準時來到督署。他在小客廳裏足足恭候一個小時後，纔被趙茂昌引進張之洞的簽押房。坐下後，湖廣總督將候補道員仔細打量了一眼，面孔雖説不上端正，兩隻眼睛却聰明靈動。張之洞指着案桌上的《解讀東坡》一書，略帶笑容地問：『這部書是你寫的？』

『是卑職寫的。來到湖北之前，卑職一心讀書，故有時間可以寫文章。』栗殿先雖有點心虚，但回答的口氣還是肯定的。

張之洞又問：『古今詩人多得很，你爲何獨獨寫蘇東坡？』

栗殿先答：『卑職家從祖父到父親一直到卑職本人都喜歡蘇東坡。卑職七八歲時，就能背他的「大江東去」，到了十二三歲，就對他的前後《赤壁賦》愛不釋手。長大後更知蘇東坡不僅詩、詞、文章寫得好，而且字、畫也很好，更爲超過別人的是，蘇東坡一生歷經坎坷而始終曠達樂觀，真正的了不起。故卑職從二十歲起，便下決心要好好爲蘇東坡寫一部書，花了十年時間纔完成。聽說大人也喜歡蘇東坡，故託趙老爺呈送一部給大人，懇請大人點撥賜教。』

栗殿先對蘇東坡的喜歡原由與張之洞完全一致，這幾句話將他與候補道員的距離拉近了許多。早在廣州的時候，張之洞便因功高位尊而逐漸改變了過去與僚屬平等相待的態度，常常是一副居高臨下的神態，說起話也滿是教訓、斥責的口氣，尤其對候補官場的那些人更是如此。來到湖北之後，這種毛病更加劇了，以至於兩湖官員們見到他都有點戰戰兢兢的，而眼下，因爲這部《解讀東坡》，他不再把栗殿先當手下的候補官員看待，而是把他當做一個有學問又愛好相同的文友了。

『「大江東去」和《赤壁賦》都寫得好，但本部堂更喜歡他閒適的心態。他有一首小詞，通過眼中所見的常景，用農夫村婦都能聽得懂的口語，說出人生的大道理。這可是真胸襟真本事。栗道，這首詞你背得出嗎？』

不料，交談還沒開始，便給問住了。栗殿先急得渾身發熱，想給坐在一旁的趙茂昌來個暗號，又想這麼早便結束了會談，絕不會給張之洞留下一個深刻的印象。如此，辛辛苦苦的謀畫不就白費了嗎？暫且敷衍敷衍下。『蘇東坡這方面的詩詞很多，容卑職過細地想想。』

『不要想了，我背給你聽。』張之洞撫着鬍鬚，興致盎然地背道：

山下蘭芽短浸谿，松間沙路淨無泥。蕭蕭暮雨子規啼。

誰道人生無再少？門前流水尚能西。休將白髮唱黃鷄。

張之洞真是個可人！栗殿先禁不住在心裏呼叫起來。湖廣總督的這番搖頭擺腦的吟誦，不僅解了候補道員的困境，而且讓他充分領略了一個真正的蘇軾崇拜者，陶醉於蘇詞藝術境界後那種文人的真性情：不存自我，化去尊卑。

『大人記性超人，卑職不勝佩服！』栗殿先連連稱頌，恨不得鼓掌歡呼。

張之洞撫鬚的手放下，說：『蘇軾爲什麼自號東坡，後人有多種說法。栗道，你主哪一說？』

栗殿先僅知惟一的一個說法，還是他估計到張之洞會考問這個題目，昨夜臨時將捉刀人從經心書院請來詢問的。他爲自己的先見之明暗自得意，遂侃侃而談：『蘇軾自號東坡的緣由，後人考證有多種，卑職認爲源自白居易的東坡詩較可靠。蘇軾敬重白居易，尤其喜愛白居易作的東坡詩，其中《步東坡》一詩他曾多次書寫贈人，《步東坡》寫道：朝上東坡步，夕上東坡步，東坡何所愛，愛此新成樹。在黃州時，他新建的房子落成。他在新房大廳四壁上畫滿大雪，署其名爲東坡雪堂，以後便以東坡自號。』

張之洞點點頭說：『不錯，此說最有道理。他的名作如前後《赤壁賦》等都寫在黃州東坡雪堂。』

栗殿先畢竟是個老於世故的官吏，他知道若總等着張之洞的發問再回答，必然很容易露馬腳，不如反客爲主，揀些自己知道的說給他聽，將他的思路引到自己所想好的綫路上來，則可收取融洽談蘇的好氣氛。他努力追憶在與這部書的捉刀們聊天時所聽到的故事，終於讓他想起了一個，於是以一個蘇軾研究者的身份談着：『蘇東坡在東坡雪堂裏吟詩作文，勤奮讀書，爲後世留下許多佳作，也留下不少佳話。』

『哦。』果然，張之洞對『佳話』來了興趣，『說給我聽聽。』

『有年冬天的晚上，雪堂外面下着大雪，刮着寒風，天氣非常寒冷，蘇東坡在雪堂書齋裏讀杜牧的《阿房宮賦》。東坡很喜歡這篇賦，高聲朗誦了一遍又一遍，全然忘記已是半夜三更，也全然忘記外面的風雪。他自己不冷不要緊，卻苦了書房外兩名值夜的老兵。他不睡老兵也不能睡，兩個老兵又冷又困，實在受不住了。一個老兵說，這文章寫得有什麼好，值得這樣反反覆覆地讀，害得我們跟着受苦，何人寫的，真是造孽！另一個說，我聽了半夜，没聽出什麼味道來，衹有一句說出我的心裏話，「使天下之人不敢言而敢怒」，這句話正合你我兩人的心思。當時東坡的小兒子蘇過正在旁邊的一間房裏用功，聽到了兩個老兵的對話，第二天告訴父親。蘇東坡笑道：「這漢子不枉跟了我這麼久，見識倒真還不錯。這句話不正是《阿房宮賦》的點睛之語嗎？他看得多準！可惜不會寫文章，若是會寫文章，不在我之下。」』

張之洞笑着說：『近朱者赤，近墨者黑，跟東坡跟得久，耳濡目染，也成了半個文人。東坡三個兒子，個個文章出衆。特別是你剛纔說的小兒子蘇過，不僅文章好，繪畫也得乃父之風。』

粟殿先突然又想起捉刀者說起的蘇過的一個故事來，忙接下說：『蘇過被人稱爲小東坡。據說宣和年間，他遊京師時寓居景德寺僧房。正是盛暑時節，忽然有一天，有幾個人擡着一乘小轎來到景德寺，聲稱奉旨來請蘇小東坡。蘇過不敢抗拒，衹好上轎。轎四周深色簾子遮住，轎頂敞開，上面有一把涼傘遮着太陽。幾個人擡着轎子快步如飛，蘇過坐在轎中，兩旁的景物一點也看不到，衹覺耳邊風聲陣陣，人如在雲霧中飛騰。』

張之洞聽得入迷了，禁不住插嘴：『莫不是上界神仙來請他？』

第十二章　參劾風波

坐在一旁的趙茂昌也笑了起來。

粟殿先繼續說：『大約走了十多里路，轎子停住。蘇過走出轎，面前是一條長長的走廊，一個內侍前來迎接；走過長廊後，來到一座小殿堂。一進殿堂，衹見風流天子徽宗皇帝已坐在那裏等候他。徽宗身穿黃色袍子，頭戴青平冠，幾十個宮女環侍左右。蘇過不敢仰視，忙跪下叩頭，一會兒，便覺四周異香撲鼻，冷氣逼人。他側着眼睛看了看周圍，原來殿堂裏積冰如山，一陣陣香霧從冰山上噴出，真有點像是來到神仙境地。』

張之洞笑道：『這位道君皇帝也不是凡夫俗子，說不定他此刻正在哪座仙觀裏參拜祖師爺哩！』

『蘇過正在驚疑之際，皇上開口了：你是蘇軾的兒子，聽說善畫窠面，這裏有一堵新砌好的白壁，你給它畫一幅畫吧！蘇過起身，來到左側一堵粉墻邊，各種顏料早已調好。他思索一會兒，然後揮筆畫起來。一個時辰後，畫好了。但見滔滔海浪中有一座陡峭山峰，山峰上長滿青松翠柏，松柏中露出一座道觀，通向道觀的是一條羊腸小道。小道上有一個道士在拾級攀援，那道士背上揹了一藥袋。徽宗皇帝看後稱讚不已，親自拿起筆來題了幾個瘦金體：嶗山道士採藥圖。蘇過爲皇帝高超的領悟力所佩服。皇帝賜他美酒一壺。他喝了這壺酒後，渾身輕快有飄飄欲仙之感。內侍扶他上轎，一會兒又回到景德寺。蘇過彷彿覺得像做了一場美夢似的，仔細聞聞嘴唇，衹見酒香猶在，知不是做夢，是真的。』

『這故事有趣！』張之洞顯然被這個傳說所吸引，停了一會說，『有一個有名的故事，說有人評蘇軾與柳永的詞的不同處。東坡的詞，當關西大漢執鐵綽板唱「大江東去浪淘盡千古風流人物」。柳永的詞，當十七八歲妙齡女郎執紅牙板，唱「楊柳岸曉風殘月」。這是說蘇詞豪放，柳詞婉約。其實蘇

軾的詩詞有豪放一面，也有婉約一面。栗道對蘇軾研究頗深，你能否對本部堂說說，蘇軾的豪放風格繼承了前人哪些人的長處，對以後南宋的詞風有哪些影響，他的婉約之風又體現在哪些名作上？』

張大人對東坡的興趣真是太濃厚了！趙茂昌聽到張之洞提出這樣大的一個問題來，心中暗暗喫驚：這樣的題目是可以再寫一部書來的，漫説栗殿先是個冒牌貨，即便那些對蘇軾真有研究的學究們，要答出這個問題來也不容易，看來備用之物該出手了。這時栗殿先早已將衣領正了兩次，正在焦急不堪之際，看到趙茂昌的臉轉過來了，忙向他投去求救的眼神。趙茂昌會心一笑，從左手袖裏掏出一沓紙來，走到張之洞的身邊説：『這是辜湯生昨夜裏交給我的一沓譯稿，並特別指出英國的《泰晤士報》已報導湖北將建世界第一大型鐵廠的消息，正在倫敦休假的俄國皇太子表示要在明年訪問中國，期間一定要來武昌拜訪鐵廠的創辦人。』

『哦，這樣重要的消息，你爲何不早説！』張之洞一把接過辜鴻銘的譯稿，一邊看一邊説，『栗道，你先回去吧！關於豪放和婉約的事，我們下次再談。』

如同奉到特赦令似的，候補道員從囚室裏解脱出來。他趕緊起身，向張之洞深深地鞠了一躬，又特爲向趙茂昌報以感謝的微笑，然後匆匆走出督署簽押房。

二　歸元寺狀告湖廣督署總文案

俄國皇太子明年將來武昌的消息，給張之洞帶來很大的興奮。鐵廠還在籌辦之時，便引起世界的矚目，建成投産後，必定更會引起世界的震動。一定要搶在俄皇太子來華前建好，讓他看看由湖廣總督張之洞創辦的鐵廠是如何的氣派壯觀，藉這位大國太子的口去傳播四方，既揚我中華國威，又揚我

張之洞的大名。他給鐵政局的督辦蔡錫勇下達命令：一定按世界最高的規格建漢陽鐵廠，廠的佔地面積要最寬，煉鐵爐要最大，煙囱要最高，配套設備要最齊全，機器要最新，一切從最好要求，不要小氣，不要省儉。二要加快進度，明年秋天要把大致規模弄出來，要讓俄皇太子有東西可看。至於銀錢，由他來籌措，不必分心。爲了讓蔡錫勇、徐建寅等人一心一意投入建設，鐵政局裏銀錢調配開支、文案擬辦收發、人事安排協調以及差事調撥委派等等，將專門由一批人員來辦理，另設一個鐵政局協辦總理這一大攤子事，此協辦正是獻《解讀東坡》而捷足先登的候補道栗殿先。

栗殿先不愧是個能幹人。他上任没幾天，便將蔡錫勇爲之頭痛的大小事務一手包攬了過去，並爲蔡錫勇、徐建寅及另一協辦陳念礽等人加派僕人、轎馬、車夫、廚師，將他們的日常飲食起居料理得妥妥帖帖，又在龜山廠址的最南端劃出一塊地，擬給他們每人建一幢小洋樓，爲的是方便今後的辦事。栗殿先這些舉措，很快便得到蔡錫勇等人的讚賞，他們在張之洞面前稱讚新來的栗協辦能幹會辦事。張之洞爲自己的慧眼識才而高興。

不久，栗殿先向張之洞呈遞一份漢陽鐵廠機構設置構想。他有意將由徐建寅、陳念礽所管轄的技術部門空缺，而將他所管轄的部門則構想得甚是周到。這些部門，分爲五股：收支股、稽覈股、物料股、商務股、衛生股。每股下設四至五個處，如收支股裏有五處：籌銀處、外國銀行處、發放處、賬房處、復覈處。每處設主審辦一人，副審辦二人，處員若干，下轄二至三室，每室則設室頭一人，室員若干人。如此則諸事分門別類，職守清楚，股處各司其職，各負其責，整個鐵廠的後勤管理則綱舉目張，井然有序。

張之洞見了這道禀帖，欣然贊同，吩咐栗殿先照此辦理，祇是强調股處兩級的負責人員，必須呈

報詳細履歷單，由他審覈，其委任狀由他簽署，並蓋上湖廣總督的紫花大印，以示鄭重並擡高任職者的地位。

栗殿先捧着張之洞這道命令，大肆施展他的用人行政之長才。他的候補官場的朋友們，拜把結義的兄弟們，各種場合結識的哥兒們，遠的近的轉彎抹角的親戚們，他依照親疏厚薄，特點長處，予以不同的安排。他將那些能够造得出一張像樣履歷表的人安排在股處兩級的主副審辦上，交給張之洞去審查。張之洞查看那一沓沓手本，似覺個個都清清白白的，從出身品級經歷到所辦的差使，看不出栗殿先在挑選人員和安排職位上有什麽不當或徇私之處，幾乎一律照准。至於那些拿不到臺面上的，則安置在股處室裏做辦事員。這些人張之洞概不過問，栗殿先連一點手脚都不必做。趙茂昌也在其中安插了一大批私人，栗殿先自是一切照辦。張之洞也會自己做主安排一些他認爲可靠能幹的人，栗殿先當然不敢違抗，一一遵命。但過一段時期，他若發現此人對他不利，便會不露聲色地將此人調動一下，或支出辦差，或明升暗降，總之，被整的人心中明白，又都説不出口。沒有多久，栗殿先控制的後勤幾個股處便被辦成大大小小的衙門，各級官府慣常的衙門作風：敷衍、推諉、拖欠、散漫、不負責任以及講排場、鋪張奢華等等都在股處中滋生蔓延開來。屬於技術部門的機器股、化鐵股、製鋼股、化驗股，也紛紛傚尤。這些股的主辦人員也一個個包攬私人，拉幫結派，一個原本祇需要十幾個人的鐵廠辦公部門，很快便高達三百多人，許多人佔着一個位子，衹拿薪水不幹事，更多的則是一樁事每個股處都沾邊，既都要行使自己的職權，又都不承擔自己的責任。

中國官場一切根深蒂固的惡習痼疾，不上半年工夫便深深地纏住了這個新生的漢陽鐵廠，蔡錫勇、徐建寅、陳念礽等人對此種局面深爲頭痛，但又毫無一點辦法。

第十二章 參劾風波

不過，鐵廠的興建工程仍在按計劃進行。河堤早已建好，廠址也早已填平，煉鋼廠、軋鋼廠、鋼條廠、電機廠、翻砂廠、修理廠等主要工廠也在次第興建。從英、美等國購買的各種機器遠渡重洋，從吳淞口進入長江，然後溯江而上，源源不斷地運到臨江門碼頭，搬運到龜山脚下。大冶鐵礦、馬鞍山煤礦在徐建寅的指揮下，也在加速建設中。張之洞隔三四天便要親自來一趟鐵廠工地，看着工地上一片忙忙碌碌的景象，聽着蔡錫勇談着各種問題，眼見龜山脚下這塊土地上正在日新月異，蓬勃發展，他心裏高興。尤其是聽栗殿先報喜不報憂的禀報，他更是得意。現在，他要騰出手來辦一件所到之處必辦不可的大事——創辦學堂，促進學政。

位於武昌營坊口都司湖畔的經心書院，是同治八年張之洞任湖北學政時創辦的，二十多年來，這所學堂爲湖北培養上百名舉人進士，但近年來，却有日漸衰敗之象。大前年都司湖漲水，浸坍了一部分齋舍，至今也没修繕，幾個有名望的先生去别省任教，於是到經心書院來讀書的學子也減少了。張之洞來到這裏視察，見自己當年傾注極大心血辦起的這所書院，被弄成如此模樣，猶如眼見自己長大的兒子没有成器似的，心裏十分難受。檢查原因，一是這些年學臺無能，巡撫不重視，撥下的經費不足；二是書院的山長不是一個熱心教育的人，他更大的興趣是混跡官場，時常出没於官府舉辦的各種活動中，而不是傳授學問作育人才的人師之頭領，因而招致一些正派教習的不滿，終至棄他而去。

張之洞決定整頓經心書院。他辭退那位熱心社交而不熱心教學的山長，將所賞識的梁鼎芬從廣東端谿書院請來出任經心書院的新山長。梁鼎芬這幾年在廣東辦端谿書院，積纍了不少辦學經驗，又受風氣影響，頭腦裏增添許多新式學堂的觀念，他在察看了經心書院後，向張之洞提出一個宏大的計劃。

『香帥，這都司湖水光瀲灧，四周草木葱蘢，是個辦書院的極好地點，依學生的直感，此地今後可出大人物。』

張之洞笑道：『這地方本是我親自選定的，可惜這二十年來書院没辦好。現在由你來接辦，希望能應你剛纔的話，在你做山長的時候，書院出一兩個大人物。』

梁鼎芬聽了這話，渾身熱血沸騰起來，說：『香帥如此看重學生，學生一定要鞠躬盡瘁，把書院辦好，不負香帥的期望。』

『好，書院的山長就應該都有這種想法。多出幾個舉人進士，自然是辦書院的目標，但真正的還是要作育能辦事的人才。許多舉人進士其實祇是書呆子，「四書」「五經」背得很熟，八股文也做得好，但處事却不行，官也做不好。辦事爲政，還得有真才實學才行。你今後長書院要多在這些方面下功夫，尤其注重發現和培養那些有卓異才幹的人。今後書院若出一兩個曾文正公、胡文忠公那樣扭轉乾坤的大人物，你這個山長也就不朽了。』

張之洞的這番期待更激發梁鼎芬的熱情，他在心裏將原先的計劃又作了一番擴充：『香帥，學生想將經心書院作一番大的改造，辦成一所全國最大最新的書院。』

張之洞辦事一向喜以天下第一作爲自己的目標，梁鼎芬也能有這個心思，這是他所最爲欣賞的。他微笑着問：『全國最大最新的書院，這個想法很好，我支持你，你有些什麼舉措呢？』

『學生想首先得把這個書院的規模擴大，至少擴大一倍，其次得把教學門類增多。經心書院目前祇有經學、史學、理學、辭章學四門，學生想在這四個門類的基礎上再增經濟學和西學兩個門類。在西學裏開設算術、天文、地理、測量、化學、礦冶等科目。』

『這個想法好，』張之洞打斷梁鼎芬的話，『鐵廠、槍砲廠辦起後，很需要西洋人才，今後這方面的人才要大量培養。你去聘兩個常年西學教習，鐵政局的洋匠們也可以兼兼課。』

『有香帥的支持，學生的膽子更壯了。第三個想法是要用高薪聘請全國最有名的各科教習。』

『書院辦得好不好，關鍵的一點就得看有没有好教習。你用重金聘名宿，我同意。』

得到這句話，梁鼎芬的底氣更足了，『香帥同意，學生便可放心去做。眼下最大的問題就是銀子。學生思忖着，最要緊的是修繕舊房，新建齋舍，最少得要七八萬兩銀子纔能動得手。學生想請香帥撥下這筆銀子。』

張之洞摸着鬍鬚思考片刻說：『七八萬兩銀子一時撥不出，先給你三萬，你拿去用着，我慢慢再調撥。』

『有三萬銀子，也可以先動手了。』

梁鼎芬滿意地起身告辭。

一個月後，他興沖沖地告訴張之洞一件事，武昌茶葉商會會長表示該會願意爲經心書院捐款二十萬兩銀子，没有别的要求，祇是希望書院每年能爲茶商子弟留十個名額。

茶商的要求並非無根據。早在二三十年前的戰争時期，朝廷就用『增廣名額』的辦法來獎勵捐助軍餉。每個省的鄉試中式名額是有定數的，不能增多。軍餉緊絀時，這也成了朝廷一條生財之道：全省多捐一百萬兩銀子，則擴大鄉試文武名額各一人，多捐二百萬兩，則擴大文武名額各兩名，並成爲定例，永久不變。這其實和捐款買頂子是同一回事：用名器來换銀子。

中國官方歷來奉行重本抑末的方針。本即農，末即商，重視農桑，壓抑商賈。對商人有很多限制，

有的朝代甚至規定商人衹能穿什麽顔色的衣服，戴什麽式樣的帽子，使得商人在公衆場合擡不起頭來。雖然這種帶有羞辱色彩的政策實行並不久，但對商家子弟入學做官則歷代都限制得很嚴格。清末，由於西風傳入，這種現象大有改觀，然在傳統守舊人的眼裏，商賈總與奸詐連在一起，商家子弟進書院也多有阻力。武昌茶葉商會希望用二十萬兩銀子來換取十個弟子名額，正是基於這樣的背景。

張之洞說：『武昌茶商願意拿二十萬兩銀子來資助書院，這是很好的事，十個名額不多。』

停了一會，又說：『我想，此事還可以做得更好點。讓武昌茶商會與湖南茶商會聯繫一下，他們也可以照這個樣子，捐二十萬兩銀子，也給湖南每年十個名額。還有，今後每年湖北、湖南兩省各捐一萬五千兩銀子，作爲書院膏火費和貧寒子弟的資助費。如此，還可以再增廣十名，兩省各五名，一共三十名茶商子弟。另外，爲表示對商界的支持，書院每年還特爲增收十名爲國家出大力的兩湖商家子弟。』

梁鼎芬高興地說：『兩湖商人真要把香帥當活佛供奉了。』

張之洞也爲自己這突來的靈感高興起來。他激動地站起身來，一邊快速踱步一邊說：『節庵，我看把這事還辦完美點。我身爲兩湖總督，理當爲兩湖百姓謀利益。這書院既已爲兩湖茶商招收子弟，不如乾脆從湖北一省的局限中走出來，向兩湖全體百姓敞開大門。建好後的經心書院，每年向湖北、湖南兩省擇優録取一百名士子。』

梁鼎芬不由得擊起掌來：『妙極了，這纔真的是兩湖總督的決策，這樣看來，齋舍還得擴大一倍。』

張之洞興致大增：『一不做，二不休，索性將這所書院取名兩湖書院。』

『好，這名字氣魄大。』身爲山長，梁鼎芬當然希望自己所執掌的書院規模越大地位越高越好。衹是經心書院呢？他問：『經心書院不要了嗎？』

二十多年來，張之洞先後親自創辦親自命名的書院，除湖北的經心書院外，還有四川的尊經書院，山西的令德堂，廣東的廣雅書院。無論做學臺還是做督撫，所任之處，他皆以建書院厚文風爲本分。他對書院的關愛，甚至勝過自己的親生兒女。決不能讓經心書院消亡！『我們再找一塊地方，把經心書院搬個家。經心書院的所有師生都搬過去，都司湖這塊地方就全部交給你，由你辦一所全新的兩湖書院。』

新舊銜接，無疑有許多煩惱事。這一決定，頓將這些煩惱一掃而光，如同一個開國皇帝重整江山，所有的陳規陋法將可徹底掃除；如同一個開荒農夫新闢田園，所有的溝渠界限都可重新佈置。梁鼎芬對未來的兩湖書院懷抱着美好的憧憬。

都司湖畔的兩湖書院，與隔江相望的龜山脚下的漢陽鐵廠，都在熱火朝天施工着。眼看着自己胸中的宏圖正在變爲眼中的現實，張之洞幾乎每天都在亢奮中。他壓根兒也没有想到，就在這時，一場大參劾的風暴正平地而起，猛烈向他襲來，直將他頭頂上的大紅珊瑚頂子吹得摇摇晃晃，差不多就要滾下跌碎了。

這場大參案，近因是因爲湖南的茶商捐款事，遠因却是十年前的山西清理庫款案。

與湖北茶葉商會會長不同，湖南的茶商會長趙恒均是個守舊而吝嗇的人。這個靠販賣南岳雲霧茶起家的衡山人，出身於一個貧困的農家，没有讀過書，靠漂學而識幾個字。憑着精明和過人的節儉，他的財富年復一年地遞增，終於成了湖南的第一大茶商。他每年的銷售量和利潤將近全湖南茶商的五

分之一。因爲此，他被推舉爲湖南茶葉商會的會長。湖北茶葉商會爲捐款事給湖南茶葉商會發了一封公函，趙恒均看了這封公函後，心裏很不舒服。湖南要捐二十萬創辦費，以後每年還要捐一萬五千膏火費，按他的占全湘五分之一的財産比例，要第一次拿出四萬兩，以後每年都要拿出三千兩。這好比割去他肚皮上一塊大肉、放掉他胸膛裏半碗血！

他無論如何都不情願。況且他從自身的體驗中領悟到，發財致富與讀書做文章並没有什麽聯繫。多少滿腹詩書的酸腐們一輩子窮困潦倒，連妻子兒女都養不活。他一天學堂都没進，却金玉滿堂，妻妾成群，做生意靠的是盤算精明，把握行情，外加運氣。這些本事，哪本聖賢書能教給你？聖賢們説什麽正其謀而不言其功，守其義而不言其利，若信了這話，豈不老本貼光，家當敗盡！

他的大兒、二兒都祇讀過三年書，在略通文理、會寫字記賬之後，便跟着他進入生意場，走江湖，闖碼頭，十歲小兒子雖然還在私塾讀書，但他也決没有讓小兒子進書院苦讀經史的想法。

趙恒均本想拒絶湖北茶葉商會的邀請，但此事其他茶商也知道了，大部分人都認爲是好事。武漢三鎮是大都市，讓子弟去那裏上正正規規的大書院，求之不得，尤其是這還意味着茶商的地位大大提高，捐這個款值。没有多久，一筆銀子便凑上來了。幾個猶豫不決的茶商見衆人踴躍，也將自己的那一份銀子拿了出來。這樣一來，便逼得作爲會長的趙恒均祇得忍痛割肉出血。二十萬兩銀子是送到武昌去了，但趙恒均好長時間心裏一直不舒服。

這時，他收到粤海道容富的請柬：小兒定於下月初八成婚，請大駕光臨，使容門增輝。

趙恒均接到這份請柬犯愁了好幾天。容富請他喫喜酒，不過是個幌子，敲他點銀子，纔是真正的目的。不獨容富，這也是當時官場的普遍風氣。娶媳、嫁女、生子、壽誕、喪親這些大事，自不待

第十二章 參劾風波

説，此外，祇要能沾上邊的，如進學得功名、擢升、調遷、三朝彌月、娶小死姨太太等也決不放過，早早地發下請帖。尤其是那些有求於他們而又有錢財的，如商人，則更是盯緊的目標。找出花名册來，按名單發帖，不會漏掉一人，即使遠在外省，也不能倖免。一場酒席下來，一筆横財就進了屋，依官位高低所握實權的大小，進益不等：少則幾百兩，多則上萬兩。

趙恒均實在不願赴這個喜宴，一則破財，二來耗時費神，但他不能不去。他每年兩三萬擔茶葉通過粤海關道的手裏出關漂海，容富的手稍微卡一下，他就得多付七八千兩銀子的關税。所以每年過年的時候，他都要親自到廣州向容富拜年，然後再打上一兩千兩銀票的紅包。容富高興地接下了，他纔鬆一口氣：今年茶葉過關將不會遇到多大的麻煩。儻若容富臉露不悦，他就要思考着，還要尋個什麽藉口補一張。容府討媳婦，這是多大的喜事，能不去嗎？捨不得出血也得出呀！他拿出一張千兩大票來用一個紅紙袋裝着，想一想，覺得一千兩少了，於是咬了咬牙，又拿出二百兩的一張中票添上，然後叫小兒子在紅紙包上寫上一句恭賀的話。喜期十天前，趙恒均帶着紅包南下五羊城。

初八那天，容府張燈結綵喜氣洋洋，高車駟馬，盈門盈巷，酒席足足擺了八十桌。趙恒均在容府的客人裏祇能算是下等裏的上檔。席次安排在六十幾號，和他共席的是來自廣西、江西、福建的幾個和他實力差不多的商賈。幾盃酒喝下去，商賈們都吐起苦水：江西的瓷商嘆瓷器賣不出去，福建的桂圓商嘆年景不好，桂圓菓小汁澀，賣不起價。趙恒均也向他們訴苦，不僅訴生意場上的苦，而且藉這個機會，把這段時期壓在胸口的悶氣盡情地宣泄。他添油加醋，信口開河，把湖北茶葉商會的信改爲張之洞督署的公文，又藉此指斥這是張之洞的個人勒索，並想像漢陽鐵廠、槍砲廠的興建款裏一定有不少類似的勒索款。説到情緒激動時，加上烈酒的衝擊，他索性破口大罵張之洞做湖督以來的大肆興

作，名爲富民强國，實爲害民禍國。趙恒均藉酒使氣的這番話，那幾個商賈們聽聽也就算了，並不太當一回事，不料內中另有一個人却在認真地聽着，並一一記在心裏，此人是新娘子的娘家僕人。而這新娘子的娘家不是別人，正是張之洞做晉撫時所參劾的原山西藩司葆庚。

十年前，葆庚因貪污賑災款被革職查辦，鎖拿進京，本被判發配新疆。家裏爲他上下打點銀子，結果保釋出獄就醫。再過一年，發配一事便無聲無息地消失了。他怕在京師招人議論，便買通在盛京守皇陵的睿親王後裔，寧願去盛京守護太祖太宗，藉以贖罪。守陵是個極寂寞極冷清的苦差使，一般人都不願意做。葆庚的請求很快得到同意。到盛京後不出半年，便做了小頭目。三年過後，居然頭上換了一頂水晶石四品頂戴。葆庚並不甘心一直過這種半流放式的生活。也是他的機遇好，那時海軍捐款正在熱潮中，他向海軍衙門捐了五萬銀子，又找人替他到醇王府裏活動，居然堂堂正正地升了個太常寺卿。太常寺是掌管朝廷祭禮的衙門，權力雖不及六部，地位却也崇隆，班列九卿，算得上朝廷的大官了。經過六七年的卧薪嘗膽，當年的貪官葆庚又官復原品。然而對張之洞的仇恨，他却一直沒忘記過。祇是張之洞正受太后、醇王的寵愛，官運隆盛，他奈何不得罷了。

容富也是正白旗人，十多年前兩家就訂了娃娃親。葆庚出事後，容家沒有斷這門親事，葆庚心存感激，趁着請假養病的時候，便親自送女兒南下完婚，以此答謝親家的情誼。

陪同南下的僕人佟五在山西時就跟着他，深知主人恨張之洞入骨。當天晚上，佟五便將在酒席上聽到的話一五一十地告訴了主人。

別人罵張之洞，就好比是在代他出氣，葆庚心裏快意無比。趙恒均此舉給葆庚一個很大的啓示：張之洞做湖督不久，便有人恨他罵他，他在廣東做了五年粵督，恨他罵他的必定更多。好不容易來一

次廣東，何不藉此機會廣爲搜集張之洞在廣東的秕政，向朝廷告一狀，能參劾更好，即使不能參劾，也殺一殺他的威風，出一口多年來積壓胸中的怨氣。

他先把趙恒均請進容府，要他詳細説一説爲兩湖書院捐款的事。

見容富的親家堂堂太常寺卿對他優禮有加，布衣趙恒均受寵若驚，在得到葆庚不説出他的名字的保證後，湖南茶商會長將酒席上的話，當着葆庚的面細説了一遍，又無中生有地捏造湖北增收鹽税、洋藥税，以供張之洞辦廠辦礦，沽名釣譽。待趙恒均告辭後，葆庚將他的話全部用筆記録在案。

趙恒均提供的情况使葆庚進一步增加了信心。他於是在親家府裏住下來，專心致志尋找張之洞粵督五年間的種種謬誤。功夫不負有心人，通過兩個月的努力，前山西藩司終於替他的仇人找來不少罪名。葆庚將它分爲幾大類：

一倨傲荒政。司道大員拜會，都需排期等候，待到來時，有等一兩個時辰不見，有的甚至白等一天。至於候補州縣，幾乎一概不見。平時起居無常，號令無時，群僚皆苦病之。

二任人無方。有喜愛者一人兼職十數，有不喜者則終歲不獲一面，而其所賞識者大多輕浮好利之徒。

三勒索揮霍。凡家有厚資者，必定藉機勒索，逼他們自認捐獻，或自認罰款，多者甚至有上二十萬的。所收之款名曰辦公事，實則揮霍浪費。粵省殷實之家多有不滿者。

令葆庚欣喜的是，除張之洞外，他的兩個親信王之春和趙茂昌的許多劣跡，也在掌握之中。若説張之洞本人的這些罪名有的尚屬莫須有的話，王之春在糧道期間安裝電話綫時的七八萬兩銀子的賬目不清，及趙茂昌在辦理闈賭時的貪污行徑，則是多有人反映，且證據確實。而這兩個人，張之洞對他

們依畀甚重，調任湖督時，又將他們隨調武昌。張之洞對王之春、趙茂昌即便够不上狼狽爲姦的話，至少也有失察之責。葆庚懷揣這一沓重要材料，興沖沖地告别女兒和親家，回到北京。

這時，王定安也恰好住在做小京官的兒子家，得知昔日的老上司從南方回來後，便去看他。

王定安不是判了十年監禁嗎，怎麽可以隨意走動？原來，王定安衹坐了一年的班房，便通過曾國荃的關節保釋出獄。曾老九保他出來的目的，是要他寫一部湘軍史乘。先一年，王闓運受曾紀澤之託，幾度寒暑，數易其稿的《湘軍志》雕版付印。因爲王闓運意在立信史，故對湘軍許多重要將領多有微辭，又對曾國荃焚燒天王府的作法頗爲不滿，因而對老九的戰功衹輕描淡寫，並未着意渲染。

儘管文人們對《湘軍志》評價甚高，但以曾老九爲首的一批湘軍將領却大爲不滿，甚至罵它是謗書。書生王闓運如何是位高權重的武人們的對手，最後，《湘軍志》落得個焚書毁版的下場。

爲了消除《湘軍志》的影響，曾國荃保王定安出獄，另寫一部爲湘軍將領，特别是爲他本人評功擺好、歌功頌德的《湘軍記》。王定安感激曾國荃爲他消去監禁之災，遂把一生的才學全部抖落出來。他也顧不上史德與史識，完全按老九的要求，歷時三年，精心炮製一部二十二萬字的大作。曾國荃看後非常高興，親自爲之作了一篇序言，稱讚王定安『少負異才，不諧於俗，由州縣歷監司，所至樹立卓卓』，公開爲王定安平反昭雪，恢復名譽。又説他，『齮齕於時，偃蹇湖山，行見以著述老，人多惜之。然鼎丞不窮。夫名位煊赫一時，而文章則千載事也。韓愈氏所謂不以所得易所失者，其斯之謂乎！』既爲他的罷官坐牢抱不平，又吹捧他的《湘軍記》可千載不朽。

前人文章之不可全信，此又爲典型一例。然王定安則多虧了這部《湘軍記》，又早獲自由，又得到一筆優厚的潤筆，又仗它招摇欺世，在東湖老家的日子過得很悠閒。光緒十六年，曾老九在兩江總督

任上辭世，他專程去江寧痛哭了一場，而後便徹底丢掉東山再起的念頭。這次因爲兒子給他添了一個小孫子，滿心歡喜，特爲從湖北趕來祝賀，也藉此看看昔日的朋友，特别是葆庚。

暢叙多年來的别情後，葆庚將在廣州的特大收穫告訴了王定安。

『好，我們要好好地合計合計，做一篇大文章，將張之洞弄臭。』

十年後的前冀寧道也絶没忘記舊事，對張之洞的仇恨將伴隨着他的一生。

『鼎翁，』葆庚將他從廣州帶回來的全套材料交給王定安。『你足智多謀，你仔細看看，琢磨琢磨，看如何辦最好，需要花的錢，由我出。』

『行。』王定安摸着愈加尖瘦的乾下巴思索着説，『皇上親政兩三年了。聽説皇上遇事不大情願聽太后的，要自己做主。皇上特别相信翁同龢。張之洞過去仗着太后和醇王的寵信，纔敢於那樣跋扈囂張，現在醇王已死，西太后歸政，我們得摸摸皇上和翁同龢的態度，若皇上和翁同龢不像太后和醇王那樣，那我們就好辦了。』

『還是你計慮得深遠。』葆庚點點頭説，『朝廷内部的事由我來打聽。』

葆庚於是很留心這方面的動態，但所獲不大。幾天後，大理寺卿徐致祥邀請他去聽戲，不料，做客徐府時却很輕易地得到他所要的消息。

徐致祥和葆庚同爲九卿，彼此很熟，他們有一個共同的愛好，即聽戲聽曲子。若聽説哪個戲園有唱得好的戲子，他們就會請來家唱幾曲堂會，届時會將一班同好邀來一起聽。兩人常常互相邀請，聽完後照例設飯局，邊喝酒邊論戲，大家都覺得這半天過得很快活。

這天，葆庚在徐府聽的是新從安徽來到京城，在大栅欄三慶班唱老生的程繼宗，據説是程長庚大

哥的後人。程繼宗唱了幾個老生名段，如《草船借箭》《空城計》《捉放曹》等，這幾段老生戲唱得蒼勁低迴，韵味十足，大家不時擊掌叫好。喫了晚飯諸票友各自告辭回家時，徐致祥又特爲將葆庚留下來聊天。

『葆翁，我給你説一樁有趣的奇事。近日大理寺收到一份狀子，告的是湖廣總督衙門的文案趙茂昌，這倒不奇，奇的是告狀的人乃漢陽歸元寺的和尚。大理寺的官吏都説，和尚告官員，而且直接告到大理寺，這真是罕見的怪事。』

這不僅是奇事，簡直是喜從天降，正要找張之洞的把柄，這把柄不就送上來了嗎？他壓住心頭的狂喜，笑道：『噫，真正是少見的趣事。這和尚是歸元寺的方丈嗎，他告趙茂昌什麽狀？』

『不是方丈，是監院。』

佛寺名曰世外淨土，其實和俗世官場一樣的等級森嚴。凡初具規模的佛寺都有嚴格管理制度，寺裏地位最高的僧人爲方丈，方丈之下爲監院，監院負責管理寺内一切事務，猶如總管。接下來依次爲負責接待的知客僧，負責糾察的僧值，負責僧客的維那，負責繕事的典座，負責客房的寮元，負責方丈室事務的衣鉢和負責文書的書記。自監院之下至書記，號稱八大執事，各司其職，上下分明。

『這監院名叫清寂。』徐致祥興味極濃地説下去，『清寂在狀子上説，湖廣總督衙門總文案趙茂昌奉總督之命，購買歸元寺寺産辦鐵廠。趙茂昌與歸元寺方丈、知客僧、維那互相勾結，從中牟取暴利。趙茂昌接受了方丈的賄賂三千兩銀子，而方丈、知客僧、維那又從賣得二萬三千兩銀子裏分别私吞一千兩、六百兩和四百兩，方丈、知客僧和維那拿了這筆黑心銀子在寺外買私宅、養女人，敗壞寺規。歸元寺衆僧憤恨不已，請大理寺作主，嚴懲這批不法之徒。』

葆庚拍手大笑：『有趣有趣，和尚買私宅養女人，歸元寺是海内名刹，出了這等事，真是大新聞。老兄，這個清寂不僅告了官員，也連和尚一起告了。』

徐致祥也笑道：『大理寺原本不受這種狀子，但同僚們都興致很高地接收了。一是和尚告官及和尚内訌都頗爲有味，二來爲那個監院着想，事情牽涉到湖廣總督衙門，湖北還有哪個衙門敢受理這個訴訟？他來上告大理寺，也是不得已。』

葆庚試探着問：『和老，這牽涉到湖廣總督衙門的事，你就不怕惹麻煩嗎，張之洞那人仗着關外大捷的功勞，現在是眼睛長在頭頂上，老虎屁股摸不得！』

『我跟張之洞同在翰林院多年，我怕什麽？他張之洞的底細我還不清楚嗎？哼。』徐致祥從鼻子裏冒出的這一聲『哼』，十足地表露他的心態。『張之洞這些年太得意了，我得在他的頭上敲幾下。』

徐致祥的確與張之洞在翰苑共事多年，與張佩綸、張之洞等人一樣，他也是個喜歡上疏言事的人。但他缺乏張佩綸的精闢和張之洞的穩重，易於衝動，好出風頭，常常事情尚未全部弄清便急着上摺，生怕人家搶了頭功似的。故而他上疏雖多，影響大的却極少，當時以李鴻藻爲首領的京師清流黨也不怎麽看重他。同爲言官，眼看張之洞名滿天下，而自己却聲名遠不及，他心裏總免不了有點酸酸的。這種酸妒感隨着張之洞的仕途大順而愈加濃烈。

更重要的是，他與張之洞在洋務一事上所持觀點大相徑庭。光緒十年，在中國要不要修建鐵路的大争論中，徐致祥連上了兩道措辭激烈的反對奏疏，被斥爲荒謬，予以降三級處分。事隔四年，關於鐵路的討論再次展開，張之洞力主修建，並提出先建腹省幹綫的主張，徐致祥仍持反對論。

徐致祥在朝廷高層中並不乏支持者。去年，他的處分被撤銷後，立即擢升大理寺卿。他因此並不

把時下正走紅的張之洞放在眼裏。歸元寺這樁事，無論於公於私，都令他快意無比。

徐致祥的態度很令葆庚欣慰。他思忖着：糾彈張之洞的事若由此人出面，則是很合適的，衹是還得再摸摸他的底。

『張之洞是國家重臣，此事要謹慎點纔是。』

徐致祥說：『這我懂。有人說，這兩年曾國荃、彭玉麟也相繼辭去，老一輩的中外大臣，衹剩下李鴻章、劉坤一，一個坐直隸，一個坐兩江，這天下第三位總督便是坐湖廣的張之洞。他是後起之秀，要不了幾年，領海內疆吏之首的便是此人了。敲他的頭，我當然會謹慎。實話對你說吧，葆翁，若沒有可靠的支持，我也不會輕舉妄動。』

『此人是誰？』葆庚的肥大圓頭湊了過去。

『翁同龢。』

『噢！』葆庚的小眼睛睜得圓圓的。他知道眼下國家的大權，名爲握在二十一歲的皇上手裏，實際上是皇上的師傅翁同龢在操縱着。他沒想到，張之洞在朝中竟有這樣的對頭。看來，張之洞的風光日子不會太久了。

『爲歸元寺和尚告狀一事，我專門去翁府拜謁過翁師傅。他沒有絲毫遲疑地對我說，這個狀子大理寺要受理。莫說趙茂昌衹是湖廣總督衙門的總文案，就是湖廣總督本人又怎樣？貪污受賄，天理不容，即便普通百姓告狀也得受理，何況出家人？若不是有十足的把握，料想他們也不至於走到這一步。你去辦吧，有什麼難處衹管找我好了。』

這真是踏破鐵鞋無覓處，得來全不費功夫。張之洞呀，張之洞，你也會有今天！葆庚暗暗在心裏得意着。

『和老，翁師傅支持，其實就是皇上的支持，再也沒有別的顧慮了。』葆庚小聲說，『你有這個決心，兄弟我當助你一把。』

『葆翁如何助我？』

『張之洞這個人其實不可怕。他色厲內荏，外强中乾，看起來好像是個能幹的有操守的總督，其實大謬不然。我這次從廣州回來，親自聽到有關他在兩廣任上的不少荒謬。至於那個趙茂昌，更是一個壞透的小人，兩廣人恨之入骨。還有原廣東臬司王之春，也是個貪財厚斂之輩。張之洞對他們都信任有加，大肆包庇，前年又將他們調到湖廣。』

『好，這些你都有證據嗎？』徐致祥巴不得有人能給他多提供些關於張之洞過失的證據。

『有。明天請和老放駕到敝寓去坐一坐，我把從廣州帶來的東西給你看。我還有一個朋友，是當年曾文正公和九帥的文膽，此人極有謀略，又工於文章，我叫他來跟您一起琢磨琢磨。』

第二天，徐致祥應約來到葆府，王定安早已在此恭候，葆庚爲他們二人彼此作了介紹。然後便一邊看廣東方面的揭發，一邊討論着如何辦理。最後，徐致祥決定暫時把歸元寺的狀子放一放，擒賊先擒王，先給張之洞上一道嚴厲的參劾。樹倒猢猻散，衹要張之洞被彈劾，趙茂昌的事也便迎刃而解了。當晚，徐致祥再次來到翁同龢府，把張之洞在兩廣失政的事向翁作了詳細稟報，翁同龢毫無保留地予以支持。

幾天後，由王定安起草經徐致祥修改潤色，並由他具銜的參摺，由外奏事處送到內奏事處，由內奏事處呈遞到年輕的光緒皇帝手中。

二 爲早誕皇子，翁同龢向光緒帝獻蛤鹿冷香丸

光緒皇帝今年雖衹有二十一歲，登基却有十七年了，已超過咸豐、同治兩朝的年月。他的老祖宗曾有過在位六十一年、六十年的紀録。傳説堯、舜在位百年以上，但那衹是傳説而已，並没有確鑿的證據。真正有記載的在位時間最長的皇帝，就是光緒的這兩位祖宗，不僅在位時間長，而且治國有方，康乾盛世比起歷史上任何一個太平盛世來説毫不遜色，這是愛新覺羅氏的驕傲。四歲登基的載湉，若活到七十歲的中壽，光緒的年號便可寫到六十六年，無疑將刷新祖宗的紀録。但他的親近王公大臣及隨侍左右的太監宫女們，面對着皇上單瘦的身材、蒼白的面容，尤其是他終日鬱鬱不樂的神態，大多對此不抱樂觀態度。

身材單瘦，面容蒼白，都好理解。他的祖父道光帝、父親醇王都是身子骨單瘦的人，故而這『單瘦』是遺傳。他從小生長在深宫，未經風雨少見陽光，蒼白也是正常，惟有這鬱鬱不樂從何而來？身爲九五之尊，擁有四海之地，怎麽可能還有憂鬱？原來，光緒的憂鬱，源於慈禧。是慈禧作主，將他由一個普通的王子擡到真龍天子的座位上，然而又是這個慈禧，將這個真龍天子嚴格地控制在自己的手中，不容許他有任何身心的自由。

慈禧是個性情剛硬權力慾望强的女人，擔心自己一手扶植起來的皇帝，在長大親政後不聽她的話，於是在小皇帝入宫的第一天起，她就不以慈母而以嚴父的面孔出現在小皇帝的眼前。慈禧相信經過十幾年的嚴厲訓斥、苛刻管教，小皇帝便會習慣成自然地怕她服從她。其實，慈禧没去想，她的這一套教育方式的結果是會因人而異的。若遇到一個性格倔强、好鬥好勝的人，這種方式所收到的效果或許將適得其反：被教育者長大後將會對教育者充滿反叛，甚至是仇恨的心理。若是一個性格懦弱膽小怕事的人，則將效果顯著。不幸的是，堂堂大清帝國的天子恰恰便是後者，已親政兩三年的光緒皇帝，仍舊像先前一樣地對太后畢恭畢敬，不敢違背絲毫。

慈禧歸政後秋冬住養心殿，春夏住頤和園。住養心殿時，光緒每天晨昏定省，跪拜如儀。住園子時，光緒一個月去一次叩見請安。遇有重大事情，則隨時請示。慈禧對此很滿意，而光緒心裏並不很情願。光緒性格雖懦弱，却並不蠢，從小熟讀史册，見前朝前代哪個帝王不是君臨一切，生殺予奪，自己也是一個皇帝，却要受一個老婦人的擺佈，他如何能心甘？表面上的恭順與内心的不情願，這個巨大的反差，造成了他一天到晚的鬱鬱寡歡。

這衹是其一，令光緒心情鬱鬱的還有另外一件大事。

三年前，光緒大婚，這不僅是光緒本人的大事，也是朝廷的大事。年滿十三歲至十八歲的滿蒙大臣家的女孩子都在挑選之列。經過層層審看之后，帶進宫直接讓光緒見面的有十多個。他獨獨看中了江西巡撫德馨的女兒，想立她爲后。他的生母醇王福晉尊重他的選擇，但他的嗣母即慈禧却不同意。其實，別人挑選，光緒面審，這些都是形式而已，慈禧早已爲光緒準備了皇后。這皇后就是她的侄女——晚一輩的葉赫那拉氏。在慈禧的眼裏，皇后，與其説是光緒的正妻，不如説是後宫的女主，最高外戚群的誕育者。她怎麽會讓這個天字第一號的好處落到別人的家裏！但光緒不愛小那拉氏，他心裏很不舒服。一個普通的男子都有選擇妻子的權利，他身爲一國之主，却没有這種權利。他不能否定慈禧的決定，衹是提出退一步的要求：讓德馨女兒爲妃。而慈禧深恐德馨之女進宫後會奪去光緒對她侄女的愛，竟連這個要求也不同意。光緒無奈，衹好立侍郎長叙的兩個女兒爲瑾妃、珍妃。德馨女兒

被迫拒之於宮門外。

但小那拉氏其實也是一個很不幸的女人：作爲妻子，她一生沒有得到過丈夫的喜愛，甚至連做母親的權利也沒有得到。作爲皇后，後宮事無巨細都在她的姑母掌握之中，她無權過問，更談不上處置裁決。二十年後，作爲太后，她更是與巨大的恥辱連在一起。就是她，抱着六歲的末代皇帝溥儀，悲痛欲絕地將遜位詔書交給袁世凱。大清王朝立國二百六十餘年，終於在她的手裏給斷送了。

她是一個亡國的太后，是愛新覺羅家族的千古罪人！

光緒帝的這種憂傷，祇有一個人最清楚最憐恤，此人不是他的父親醇王，而是他的師傅翁同龢。

人世間男子漢的榮耀，翁同龢給佔盡了。他生於宰相府，長於書香中，狀元及第，仕途順達，千人羨慕，萬人崇仰。同治皇帝十歲時，他便奉兩宮之命，授讀弘德殿，直至同治帝親政。光緒登基的第二年，他便奉旨在毓慶宮行走，授讀五歲小皇帝。翁同龢學問好，詩文書法尤佳，又勤勉盡職，慈禧很是看重。授讀的當年他便由內閣學士升戶部右侍郎，第四年又升都察院左都御史。光緒五年授刑部尚書，又改調戶部尚書，不久又入軍機處。恭王下臺，軍機處全班被撤時，其他人都罷黜，他却被指派爲上書房授讀，兩年後又補戶部尚書，官復原職。

然而，作爲一個男人，翁同龢有一個絕大的遺憾：無兒無女。晚清名臣中胡林翼也無兒無女，但胡雖無兒女，年輕時的風流香艷却够他一輩子回味。翁同龢自小循規蹈矩，無半點狹邪遊之劣跡，從同時代人罵他『天閹』中可知，他是先天性的缺乏男性功能。可憐一個風光無限的狀元帝師，夜半更深之時，他內心的痛苦有多麼巨大！他的這種痛苦有誰能替他排解？世人都崇拜權力，渴望做權力頂尖上的人物，當我們從『人』的角度來平視光緒帝、后及其師傅這些尖頂上的人物後，便發現他們也

第十二章 參劾風波

有許多的苦惱和遺憾。這多多少少可以讓那些權力崇拜者的頭腦清醒些。

正因爲缺乏生兒育女的能力，他對五歲起便在自己身邊受教長大的光緒皇帝便充滿了更爲深厚的愛心。他常常會不由自主地將小皇帝當作自己的兒子，他的師傅情中不知不覺地滲入慈父愛。身處於父母難見、嗣母冷酷環境中的光緒帝，也自然而然地把師傅當成了最爲親愛最可信任的人。儘管聰明的光緒帝知道宮中顧忌甚多，心中的苦惱鬱積太盛的時候，他也會向師傅敘說。翁同龢深知皇上苦惱的根源，但他決不能點破，祇能轉彎抹角地加以寬慰，以『孝順』這個大道理來啓沃皇上，讓他化去怨尤的心理基礎，以倣法祖宗、做英明有爲天子等祖訓來增强他的心志，引導皇上跳出兒女私情小框框，把思緒轉移到宏大目標上來。光緒皇帝愛戴師傅，相信師傅，也依戀師傅，親政以來，他事無大小都要跟師傅商量着辦理。

徐致祥這份參劾張之洞的摺子已放在書桌上兩個時辰了，光緒從頭到尾一字不漏地看過一遍。他很是贊賞徐致祥的這種凛凛風骨：敢於維護聖道，捍衛朝綱，抨擊不法，主持正義。親政不久的年輕皇帝還不知世事的複雜和他手下臣工的表裏不一，他很容易被摺子上的那些冠冕堂皇的文字所迷惑，認爲凡能作豪言壯語的人，必定是豪傑；凡能替朝廷說話的，必定是忠臣；凡能攻擊貪污揭發違法的人，必定是奉公守法的清官。所以他對徐致祥很有好感。但他也很爲難。儘管他對許多臣工尚不太瞭解，對張之洞却是清楚的。除開早年的清流和在山西肅貪禁煙不說，因爲那時他還小不管事，然則打贏諒山一仗，就足以讓他欽敬。那時光緒已是十四歲的少年了，在師傅翁同龢的熏陶下，很有一番保衛祖宗江山抵禦外敵入侵的雄心壯志。張之洞作爲兩廣制軍，打敗了法國人，將道光爺以來四十年間受洋人欺侮之仇給報了，少年光緒何能不興奮？何能不對張之洞記憶深刻？再說張之洞學洋人的長

技，辦洋務，光緒也是贊成的。他年輕，少成見，對於一切新鮮的事物都有興趣。造槍砲輪船，架電綫修鐵路，洋人靠這些富强了，我們爲何不能學？在光緒的眼裏，張之洞是個挺會辦事的能幹人。把他參了，豈不是對國家不利？

他吩咐身邊的小太監去請翁師傅。翁師傅一時來不了，他無心看別的摺子，又把徐致祥的參摺拿過來，揀其中重要的部分再看了起來：

> 湖廣總督張之洞，博學多聞，熟習經史，屢司文柄，衡鑒稱當。昔年與之同任館職，深佩其學問博雅，儕輩亦相推重。該督當時與已革翰林院侍講學士張佩綸並稱畿南魁傑。
>
> 不料年前，薦擢巡撫，晉授兼圻，寄以嶺南重地，而該督驕泰之心由茲熾矣。

光緒點點頭，心裏想：徐致祥並不否定張之洞的一切，過去是同寅，關係不錯，這次參他，看來不是出自私怨。

光緒自思，官高功大，漸萌驕泰，前朝這種人多啦！翁師傅常教導說，滿招損，謙受益，看來張之洞忘記了這條古訓。

下面徐致祥從懶見僚屬、任人輕率、敲索富家幾個方面敘說了張之洞的不是。又說王之春僉壬，掊克聚斂，報復恩仇，夤緣要結。另趙茂昌是細人，官場上多有諂媚趙以鑽營差缺。張之洞倚此二人爲心腹。這些，光緒都記得清楚不再看下去。

跳過這些，再看看張之洞到湖廣後是如何荒謬的：

> 該督創由京師蘆溝橋至湖北漢口之說，其原奏頗足動聽，迨奉旨移督湖廣，責其辦理，該督奉命即爽然若失。明知其事必不成，而故挾此聳動朝廷，排却衆議，以示立異。鐵路不行，則又改爲煉鐵之議。以文過避咎，乞留巨款。今日開鐵礦，明日開煤礦，此處耗五萬，彼處耗十萬，浪擲正供，迄無成效，又復百計彌縫，多方措求，一如督粵時故智。

光緒皺了皺眉頭，此一大段文字，其實並無貪污勒索實據，衹是說不該辦鐵廠、耗資過多而已。這也能作罪責嗎？

最後一段文字，若就文論文，文采和氣勢都很好。光緒五歲發蒙，八歲開筆，翁師傅耐心指導他如何起承轉合，如何設辭修飾。但光緒生就的缺乏才情，無論怎樣誘導，文章總是寫得乾巴枯燥，沒有味道。但他知道『言而無文，行之不遠』，故又對能寫好文章的人很是佩服。徐致祥的整個摺子雖然文字平平，然而這結尾一段却寫得甚好，他拿起摺子，禁不住高聲念起來：

> 臣統觀該督生平，謀國似忠，任事似勇，秉性似剛，運籌似遠，實則志大而言誇，力小而任重，色厲而內荏，有初而鮮終。徒博虛名，無裨實際，殆如晉之殷浩。而其堅僻自是，措置紛更，有如宋之王安石。方今中外諸臣章奏之工，議論之妙，無有過於張之洞者。作事之乖，設心之巧，亦無有過於張之洞者。此人外不宜於封疆，內不宜於政地，惟衡文校藝，談經徵典，是其所長。昨歲該督祝李鴻章壽文有云，度德量力，地小不足以迴旋。夫以兩湖幅員之廣，畢力經營，猶恐不足，而嫌其地小，夷然不屑爲耶？該督之狂妄，於此可見一斑。

『皇上，您在朗誦誰的好文章？』

光緒正讀得起勁，翁同龢已走進毓慶宮小書房。光緒親政後，爲表示對師傅的感謝，特爲准許翁同龢在平時免去跪拜禮節，還是如同過去授讀時一樣：向皇上鞠個躬就行了。當下，翁同龢走進來，一邊鞠躬，一邊笑眯眯地對着皇上說話。『皇上萬幾之暇，尚能不廢吟誦，老臣欣慰至極！』

『師傅請坐。』

翁同龢在光緒對面坐了下來，立即便有小太監托來一個十分精緻的黃地白龍上蓋下托小茶碗。光緒將手中的摺子遞給翁同龢：『這是剛送上來的一道參摺，朕見他文章不錯，便不覺失聲念了起來。』

『參摺？』翁同龢接過摺子。『誰參誰？』

『大理寺卿徐致祥參劾湖廣總督張之洞。』

翁同龢將摺子展開來，從袖口袋裏掏出一副西洋進口老花鏡戴上，急速地看了起來。徐致祥的參摺說上就上了。他到底參劾張之洞一些什麼呢？

『就是爲了它而將師傅請過來。』待翁同龢看完摺子後，光緒說，『師傅看這事宜如何處置爲好？』

翁同龢放下摺子，取下老花鏡，嘴唇緊閉，面容端肅。光緒盯着師傅這副神態，突然之間，似乎發覺師傅已經衰老了。師傅今年才六十三歲，頭髮鬍鬚便全部白完了，胖胖的面孔上長滿大塊大塊的老年斑，身體臃腫，步履龍鍾，一切神態都彷彿古稀之年的老人。光緒知他無子，心裏想：莫非是爲此事而憂愁成這個樣子？一絲憐憫之情油然而生。本想和他聊聊家常，勸慰勸慰，但光緒平日知道師傅端莊嚴肅，輕易不言瑣事，更何況今日請他過來是商討參摺的大事，更不宜以別事分心，衹得在心裏嘆了一口氣，打消這個念頭。

思索好長一會子，翁同龢終於開口：『老臣爲皇上有徐致祥這樣的骨鯁之臣而賀喜。』

猶如先前聽師傅授讀一樣，光緒瞪着兩隻雖神采不足却也清純可愛的眼睛，凝視着師傅，聽着他那夾雜點江南口音的北京話。師傅說話總是不疾不徐，和藹清晰，光緒很喜歡聽。

『張之洞歷任史官學政，外放巡撫，擢升總督，朝廷對他的恩眷之隆，依畀之盛，可謂少有人能

及。外放這些年來，張之洞雖實心做過不少好事，却也辦了不少有損朝廷威儀的荒唐事。』

翁同龢打開茶蓋，一股清香沁出水面，他淺淺地呷了一口，繼續說下去：『老臣常聽人說起張之洞的閒話，如在山西時率性提拔官員，擅自派兵丁下鄉以拔罌粟爲名騷擾百姓。尤其在粵督任上擅開闈姓賭，以官府名義將朝廷掄才大典與市井無賴的賭博連在一起。辱没朝廷，斯文掃地，再無過於此事。一個總督居然可以爲了幾個錢，做出這等事來，實不可思議。那時我就想上摺彈劾，衹是因爲越南戰事未了，爲大局着想，衹得隱忍下來。』

所謂『爲大局着想』是翁同龢臨時想起的託辭。其實，翁同龢之所以没有上摺參劾，是因爲顧及着慈禧太后。他知道這些年張之洞的飛黃騰達，無非是因爲慈禧恩寵器重的緣故。從晉撫擢升粵督，完全是慈禧對張之洞的格外重用。慈禧正要用他捍衛國門，你却去參劾他，老太太能高興嗎？一旦犯了老太太的虎威，你能有舒心日子過嗎？何況那時他剛從軍機處被攆出來，正冷着哩！其次他也顧及着醇王，他知道醇王一直是支持張之洞的。第三他也顧及着張之萬。張之萬四朝老臣，眼下正受着寵信，協辦大學士兼工部尚書，又新進了軍機處，成爲名副其實的宰相，得罪了這個老頭子，也不是件好事。就這樣，書生出身的翁同龢雖對張之洞褻瀆斯文甚爲仇恨，却隱忍不敢發。

現在太后歸政住頤和園，醇王也已去世兩年多，張之萬老邁多病很少過問軍機處的事，更重要的是自己一手授讀的皇上已親政幾年了，一句話，今非昔比了。翁同龢認爲，應該通過皇上的名義更多地推行自己的主張，實現從早年起就樹立的一匡天下的宏偉抱負。

『近年來張之洞仗着戰功，驕慢倨傲之心日益嚴重。他在廣東的那些所作所爲和到湖北這兩年來大肆興作，好大喜功，老臣多次聽到來自兩廣兩湖人士的議論，老臣心裏也有看法。徐致祥不畏權勢，

不惑於假相，敢於上這等參摺，確爲難能可貴。老臣以爲，徐致祥此舉應予支持，此摺不能留中而讓它悄没聲息地淹了。』

光緒點點頭，明白了師傅的意思，這與他的想法也大體相符。但他還是有所顧慮：『師傅，張之洞爲國家立過大功，又是太后信任的重臣，摺子若不留中，又該如何處置爲宜呢？』

這兩三年間，凡遇軍事外交及大臣升黜調遷這些大事，光緒都要事先跟師傅在毓慶宮密商，這既是他對師傅的極端信任和尊重，也是藉此進一步學習爲政之道。在這一方面，光緒遠勝他的堂兄同治。同治皇帝載淳酷肖其母，在上書房讀書期間便不安於書卷，時常偷偷外出冶遊，親政後更是擺出一副天子架勢，不但李鴻藻、翁同龢這些師傅的話不再對他起作用，甚至連自己生母慈禧的話他也陽奉陰違。親政不久，轟動全國的就地處决安得海的聖旨就是由他親手頒發的。載淳十九歲上死去，帝王事業還剛剛起步。儻若天假他幾十年，或許可以成就一番可圈可點的帝業，也或許會是個剛愎自用、將天下蒼生當作手中玩物的暴君。與秉賦剛烈的同治相比，性格懦弱的光緒這種謙遜穩重的態度很令翁同龢滿意。他常常會將自己的兩個皇帝學生作些比較，儘管光緒有不及同治之處，但整體來説要好得多，翁同龢對光緒寄予着極大的希望。因此，每探討一件事時，他都會有意識地對之作詳盡的剖析，以便使年輕的皇帝，通過對一樁樁具體事情的分析，逐漸掌握處理軍國大事的技巧，提高辦事的能力，早日成熟起來，做一個有大作爲的英明天子。

眼下，這道參劾又是一個極有代表性的例子，翁同龢清了清有點老化的喉嗓，耐心地對着光緒説：『皇上處事的穩重態度，老臣心裏很是欣慰。皇上居九五之尊，一言可以興邦，一言可以亡國，所以深沈穩重，自古以來便是人君的第一等好品質。皇上正在朝這個方向努力，老臣歡喜無極。』

第十二章　參劾風波

這一番話，是兩朝帝師翁同龢在上書房幾十個春秋裏常常説的話。這就是循循善誘，啓沃帝心。

『皇上深沈穩重，固然是第一等品質，但不等於該辦的事不辦。皇上仁厚慈愛，這是大清之福，也是天下臣民之福，此乃爲人君之基礎。然爲人君者更需有高於臣民的仁慈，方能成就大業。高於百姓之仁慈，謂之大仁大慈，它不以一人一事爲考慮，而是懷抱社稷，着眼長久。古人云「計利當計天下利，成名宜成萬世名」者，此之謂也。』

翁同龢深知自己的學生秉賦懦弱，又備受壓抑，遂先從這裏入手，因人施教。

『世事紛亂，人心難測，自古人君，當威臨天下，以嚴厲治國。張之洞受兩朝特達之恩，蒙太后破格簡拔，更應勤於王事，爲督撫表率。但他不知檢束，日趨驕慢，荒怠政事，寵信小人，皇上對張之洞非加以抑制不可。』

翁同龢端起光緒賞賜的極品龍井，抿了一口，頓覺神志清朗，於是侃侃説下去：『此時藉徐致祥的參摺，抑一抑張之洞，老臣以爲有三點好處。一可以張皇上君威。皇上親政以來，還没有處分過二品以上的大員，一些宵小之徒便誤以爲皇上一味寬容。此次嚴懲張之洞，可以昭示天下臣工：祖宗之法不可輕慢，朝廷之政不可荒怠，皇上天威不可冒犯。讓大小臣工知道，皇上將秉列祖列宗之志，勵精圖治，中興大清。』

這番話光緒聽了很是舒心。自小起，師傅便叫他以列祖列宗爲榜樣，洗刷幾十年來的朝綱疲沓之風氣，但他不知從何處着手，現在尋到了其中的一條：嚴懲大員以示威厲。

本來，翁同龢可以順着這個意思説下去，説出下面的話來：親政之前，朝廷大權在太后手裏，内外臣工並未將皇上看得很重，現在正宜趁機昭示天下，大權已從太后轉到皇上手裏來了，過去受太后

恩寵者應趕快改換過來，投到皇上的門下，纔有將來的錦綉前途。但這些話他不能說。恪守以孝治天下的儒家信徒翁同龢，深知不宜這樣開導皇上，以令皇上生出不孝之心，做出不孝之事，何況太后對他本人及他翁氏家族一向也是恩德深重的。二來他也不敢這樣說，太后最忌諱有人在她和皇上之間說什麽。當年同治是她的親生兒子，她尚且時時提防，有好幾個臣子就以『離間骨肉』的罪名遭到重懲。何況光緒並不是她的親生，她豈不防範更嚴？出入宮中幾十年的翁同龢，十分清楚宮闈內部的爭權奪勢，遠比外間來得神秘而殘酷。說不定這毓慶宮裏就置有太后的耳目，萬一有什麽風聲傳到她耳中，那還得了！翁同龢說到這裏，立即轉彎：

『這第二，可以挽救張之洞。張之洞有學問才幹，也會做事，朝廷不願意看到他自己毀了自己。皇上趁早敲敲他發熱的腦袋，讓他改邪歸正，今後還可以爲朝廷辦事。第三，皇上此舉，也是對徐致祥的鼓舞。扶持正氣，遏制邪道，歷來爲人君者的本職。獎勵什麽，懲處什麽，這是引導社會風尚的最好方法。參劾張之洞這樣的人，皇上都支持，還有誰不能參劾？史官言官們必定會額手稱頌，高歌皇上聖明，今後他們上疏糾謬就更有興致了。』

『翁師傅，是不是叫御史臺派幾個御史微服到兩廣和武昌去私訪，查實徐致祥摺子裏說的事？或是朕派兩個欽差到南邊去，以示朝廷對此事的重視？抑或乾脆讓內閣擬一道旨，叫張之洞來京陛見，要他向朕當面說清這些事？』

『皇上天縱睿智，一時間便有了三種處理方法，而且都在可行之列，老臣心裏真是高興呀！』

翁同龢這句話不全是客套，他是從心裏希望光緒有能力，有才幹，因爲這中間有他的不可抹殺的一份功勞在內。『衹是，還可以有別的更爲安帖的辦法，容老臣細細地想一想。』翁同龢凝神望着那隻精緻的景德鎮官窑中的神品茶碗，思索片刻說，『御史微服私訪好是好，但時下御史臺没有幾個脚踏實地的人，大多爲輕率躁動、沽名釣譽之輩，老臣一時真的還想不出可以派出京師辦這等大事的人。欽差當然也可派，但影響太大，除非大的命案、盗案或謀逆之案，一般通常不派，爲的是免去衆口囂騰，人言嘖嘖，不成事反而壞了事。讓張之洞進京陛見也可，但湖廣重鎮，兩三個月裏没有總督在位也不合適。譚繼洵庸懦，做鄂撫都已喫力，署理湖督更是難以勝任。老臣想，此事可密諭兩廣總督李瀚章和兩江總督劉坤一。命李瀚章就地查清張之洞在廣州的事，劉坤一派員去武昌查出張之洞在湖廣的事。李瀚章和劉坤一都是文宗爺簡拔的老臣，忠於朝廷，赤心任事，他們兩人是張之洞的前輩，即便此事今後讓張之洞知道了，他也不可能對他們怎樣。』

六十三歲的狀元師傅對着二十一歲的皇帝學生，在傳授爲政之道時，使用了他慣常的表裏不一的方式——在堂堂正正的言辭背後隱藏着他的真實意圖：借鍾馗打鬼。翁同龢很想就徐致祥參劾之際將張之洞整下去，但又不能留下痕跡，此事需借別人的手來打倒張之洞。他知道，張之洞在朝廷重臣中有好些個對頭，第一個便是李鴻章，這是過去張做清流時所結下的宿怨；儘管李母八十壽辰時張有壽文，今年李本人晉七十張也有壽文，但這衹是虚與委蛇，不是真心。李瀚章作爲李鴻章的親哥哥，一向對自己的二弟馬首是瞻，二弟的對頭也是他的對頭，用他來對付張，豈不是絶好的借刀殺人？光緒七年，張之洞上疏參劾過劉坤一，彼此之間一定結下了怨仇。現在用劉坤一來查張之洞在湖北的表現，豈不是又借了一把殺張的刀子？

翁同龢深以自己老辣的爲政手腕而得意，但他既不將自己的真實意圖挑明，也對自己這種口是心非表裏不一的作法没有絲毫的内疚，他認爲這樣做都是對的，都無可指摘。

對於皇上，必須用聖賢之道、周孔之禮，用堂堂正正光明磊落的論說，引導他走堯舜文武的正路，至於那些衹可做不可說、衹可權不可經的策術手腕，即屬於權謀的那一套，他這個做師傅的絕對不能說，衹能讓他從歷代史册中去揣摸，從實際政務中去領悟，能達到哪種地步，這就全靠他的天分和悟性了。

光緒接受師傅的建議，模仿咸豐、慈禧處理奏摺的辦法，用指甲在摺尾處着力掐了兩下，綿軟的摺子上留下了兩道深深的痕跡：這是重要的，即刻要辦的摺子，過會兒內奏事處的太監來收拾文書時，會對此類奏摺特別請示如何辦理。

『翁師傅，今天請您過來，就爲這事，現在您可以再去忙別的事了。』

說罷，像往常一樣地站起身來，親自送師傅出書房門。翁同龢對皇上這種不忘師恩、優禮有加的表現，發自內心地感激。他趕忙起身告辭。見皇上面容憔悴，他突然想起了一件大事。

『皇上，您一天到晚太累了，要多休息保重。這不衹是爲了您一人，而是爲了祖宗傳下來的基業，爲天下億萬臣民。』

翁同龢情動於中，不由得語聲哽咽起來。

光緒頗爲感動，拉着師傅的手說：『朕會知道愛惜身體的，師傅放心，倒是師傅年歲大了，要多多保重。』

正是初秋天氣，光緒已穿上薄薄的絲棉袷襖，手却還是冷的。

『皇上，夜晚讀書不要太晚，要早點安歇。對皇后、嬪妃要多施恩澤，皇上不僅得爲太祖太宗延續子孫，還得爲穆宗皇帝接繼香火，擔子重着哩！』

同治十三年十二月初五日，慈禧在立載湉爲皇帝的懿旨中就講明載湉承繼文宗顯皇帝大統，並爲穆宗毅皇帝繼嗣。光緒未來的皇子將兼祧同治和光緒，故而多多益善。可是光緒大婚三年多了，身邊有一后二妃四嬪七個女人，却未見一個女人懷有身孕，包括慈禧在內所有王公親貴，都在關注着這樁大事。二十一歲，不算太年輕，當年順治、康熙都是十四五歲時便誕育皇子了。大婚三年，不算太短，后妃七人，不算太少，至今没有阿哥、公主，看來是皇上本人身體欠佳。從小看着皇上長大對皇上懷有一種父子之情的翁同龢，更比旁人多一層焦慮。他從自己青壯年時期常服用的十幾味藥中，請高明郎中精選五味釀成一味藥丸，名曰蛤鹿冷香丸，將蛤蚧、牡蠣、蠑螈、海馬、鹿鞭碾成粉末，以杏花村百年陳釀調和。此藥曾送給十個婚後多年不育的男子喫過，其中有七人的太太已懷孕，證明這種藥有奇效。翁同龢以極爲嚴肅的神態，極爲真摯的語調將此事告訴光緒，最後以不容分辯的口氣說：『老臣明天就親自帶二十顆蛤鹿冷香丸來，皇上早晚各服兩顆，一個月後可見效果。堅持服三個月，后妃們必定會早懷龍子。』

望着翁同龢雙眼中流露出的慈父般關愛，光緒渾身上下蕩漾着熱流。他點點頭，以示同意。

四　看到袁昶的密信後，張之洞頭暈目眩虛汗直冒

半個月後，設在江寧的兩江總督衙門收到內閣寄來的密諭：『着即派人去武昌密查上奏。』另附徐致祥的參摺抄件。兩江總督劉坤一閱後，對這件棘手之事頗覺爲難。

六十二歲的劉坤一，也算得一代人才。咸豐五年，正當曾國藩統率的湘軍，藉攻克武漢三鎮之軍威揮師東下的時候，二十五歲的新寧廩生劉坤一率領百十個團練投奔劉長佑。貢生出身的劉長佑早兩

年已招募了一支人馬，跟着江忠源闖得挺熱火。他比劉坤一年長十二歲，却是劉坤一的族侄，見到這位年輕的族叔英氣勃勃，滿心歡喜。劉坤一不以叔輩自居，却以後進之禮師事劉長佑。劉坤一悟性極高，幾仗打下來，便把兩軍對壘這些事都弄熟了。那時，曾國藩、左宗棠等人目光盯着長江下游太平天国都城，對湖南廣西一帶無暇顧及，劉氏叔侄抓住這個空當，在湘桂之間連打幾個大勝仗，很快便壯大了自己的力量。咸豐十年，湘軍創始人曾國藩還在以一個兵部侍郎的空銜客懸虛寄的時候，劉長佑便做了廣西巡撫，兩年後三十二歲的劉坤一也做了廣西藩司，再過三年代替族侄做了廣西巡撫，成爲當時最年輕的封疆大吏。而這時，劉長佑早已做了三年的總督。

劉氏叔侄不聲不響地經營後方，沒有幾年便相繼登上督撫高位，人們不得不佩服這兩個新寧秀才在打仗、做官這兩碼事上都要高出時人一籌！

光緒元年劉坤一做了兩廣總督，光緒五年調任兩江。劉坤一是個聰明絕頂的人，因爲連年征戰，身上留下多處刀槍創傷和疾病，治事稍多，便感倦怠，於是不管是做巡撫還是做總督，他都衹管大事不問小事。小事讓別人去做，他自己騰出大量的時間用來喫喝玩樂。聲色犬馬之事他樣樣喜歡，甚至對鴉片煙，他也極有興趣。但是他的頭腦清醒，軍國大事一點都不含糊，袍澤們說他是大事不糊塗的吕端，他亦欣然受之。

就因爲此，光緒七年，張之洞參了他一本，說他『暮氣深重，政務倦怠』，兩江重地，不可貽誤，請派兵部侍郎彭玉麟爲江督，以便劉坤一安心養病。朝廷居然接受了張之洞的建議，將劉坤一內召，就此免去了他的兩江總督之職，由彭玉麟署理。劉坤一以後便一直以籌防軍務爲名空懸着。就這樣一過十年，待曾國荃在光緒十六年秋天去世時，他纔再次出任江督。重回江寧的劉坤一吸取先前的教

訓，各方面都檢束多了。鴉片煙也戒了，明顯荒唐的事也不做了，一個中興功臣能這樣也就不錯了，他因而獲得輿論稱讚。

劉坤一當然惱恨張之洞。不是張之洞的參劾，他如何會丟失十年江督？不過，靠軍功起家的劉坤一，在心靈上與張之洞有一個相通之處，那就是面對洋人的欺負，都持不妥協不示弱的態度。尤其令劉坤一感慨的是，張之洞居然在粵督任上，部署中國軍隊在越南大敗法人，爲中國軍人長了臉面，爲大清帝國贏來聲威，對於這點，深明大義的劉坤一欽佩不已。這種惺惺相惜之情，大爲衝淡了他對張之洞的惱恨。

握着內閣寄來的上諭，劉坤一陷於兩難。細細地揣摸旨意，似爲傾向徐致祥一邊，若不照辦則違旨；若遵旨派人去武昌認真密查，則張之洞的湖督難保。身任督撫十多年的劉坤一知道，真要細查，哪一個督撫都經受不起，隨隨便便即可找出幾個足夠彈劾的失誤來。真的把張之洞劾掉了，對朝廷也並非是好事。

他將平日信得過的江寧藩司瑞章找來商量。全國幾大總督，除直隸、四川兩總督身兼軍民兩政外，其他總督都重在軍政，故無藩司一職，惟獨兩江總督下面設了一個江寧藩司，掌管江寧府的錢糧收入。這或許是因爲有一個專爲朝廷服務的江寧織造局在江寧府的緣故。這個皇家製衣店每年虧空極大，需要有一筆銀錢來彌補。如此看來，江寧藩庫應是朝廷設在地方上的一個小金庫。

瑞章是個滿人，由宗人府外放江寧。他一向注重朝廷內部滿蒙親貴的動向，雖在江寧，却與京師聯繫不斷。瑞章同劉坤一一樣，也認爲這是一件很棘手的事情。思索良久，他突然想起一個人來。

『峴帥。』劉坤一字峴莊，故而大家都尊稱他爲峴帥。『前些日子新任安徽徽寧池太廣道的袁昶，

是由京師外放來的。他在京師做戶部員外郎，兼總理各國事務衙門章京，是個通達時務的人，對朝廷近來情勢一定很清楚，何不悄悄地請他到江寧來商量商量。』

『此人你先前認識嗎？』劉坤一問。

『認識，我們有過多年的交往。』

『可靠嗎？』

『這是一個實誠君子，十分靠得住。』

『那你就派一個人到徽州去接他來吧！』

徽寧池太廣道管轄着安徽省長江以南的徽州、寧國、池州、太平四個府和廣德州，俗稱皖南道，是安徽一個轄地廣闊地位重要的分巡道。當年慈禧的父親惠徵就死在皖南道任上。故同治、光緒兩朝，皖南道爲朝廷所關注。皖南道員通常是被認爲將要走紅發跡的官員。正因爲如此，四十六歲的員外郎兼章京袁昶從北京來到徽州時，心情極好。他知道這是朝廷對他的重視，預示他今後的仕途會順利寬廣。

袁昶這幾天恰好在省垣安慶辦事，江寧藩司府的來人很快在懷寧客棧找到他。聽說是劉峴帥有要事相商，便立即乘快船離安慶赴江寧。安慶至江寧行的是下水，第二天午後便到了下關碼頭。袁昶在來人的陪同下，先進藩司府會見瑞章，二人寒暄一陣後，便分別坐上大轎，一前一後地來到位於城內東南角的總督衙門。在全國所有督撫衙門中，江寧城的兩江總督衙門最爲壯闊。這是因爲此處曾經做過十餘年的太平天国天王府。洪秀全動用數千萬兩聖庫銀子，爲他這個天父次子在人世間修造了一座最爲豪華宏麗的宮殿，後來雖然被曾國荃的吉字營爲毀滅打劫金銀的證據而焚燒，但基礎和部分燒不壞的建築還是存在。節儉總督曾國藩沒有在江寧住幾天，便來了手脚闊綽的總督李鴻章。李鴻章將被火焚的房屋全部恢復，做起了舒舒服服的無其名而有其實的金陵王。以後的歷任江督便沾了李鴻章的餘蔭。劉坤一也是個大手大脚的人，光緒十六年重主江寧後他又將江督衙門徹底翻修一遍。如今的督署，更是氣魄宏偉，金碧輝煌。

袁昶是第一次來到兩江總督衙門，他邊走邊看邊想：除開紫禁城，這怕是海內最大的一座建築群了，恭王住的和珅舊宅也不及呀！

劉坤一性情豪爽簡易，雖是首次接見袁昶，也沒有穿官服，而是一襲寬大的便服。他對正要行大禮的皖南道揮揮手說：『不必拘禮，請坐吧！』

待袁昶坐下後，他笑着問：『袁觀察是幾時到的皖南？』

『回大帥的話，職道是上個月中旬到的徽州，原擬下個月專程來江寧拜謁大帥，不知大帥有事要召見，職道失禮了。』袁昶拘束而恭謹地回答。

『不，不。』劉坤一又揮了揮手。『我是臨時請你到江寧來一下，並不是因爲你的職分內的事。』

不是我的職分內的事，那是什麼事？袁昶在心裏緊張地思索着。對這位從戰火中廝拚出來的制臺，書生出身的袁昶是久仰其名，又懷着三分敬畏之心的。

『袁觀察是哪裏人，什麼時候進的京？』

劉坤一並不急着談正務，却跟這位矮矮胖胖的下屬聊起天來。

『職道是浙江桐廬人。光緒二年中進士後即分發戶部做主事，職道魯鈍，直到光緒十二年纔升爲戶部員外郎，十四年兼總署章京。』

袁昶三十歲中進士，做了十六年的京官，還祇是一個四品銜中級官員，遷升的確不快，比起這位僅祇用十年時間便從一個廩生做到一省巡撫的上司來說，責備自己『魯鈍』並不爲過。其實袁昶並不魯鈍，他祇是爲人做事太過於實在拘泥，不善於看風使舵罷了。這種性格不僅妨礙了他的遷升，更不幸的是八年後，在義和團大動亂中他因此忤逆慈禧而被丟了腦袋。

劉坤一笑着說：『皖南道是個要缺，你好好做幾年，前途大着呢！』

袁昶忙說：『以後還要多多靠大帥的栽培。』

瑞章一旁插說：『峴帥是個活菩薩，在他手下做官，祇要盡心盡力，遷升快得很。』

瑞章這話一石兩鳥：既吹捧了劉坤一，又暗示袁昶，要好好爲劉坤一効力。

袁昶明白瑞章的意思，趕緊接話：『職道初任地方官，沒有閱歷，職道一定會遵瑞大人所說盡心盡力去做，儻若有不周到之處，還望大帥寬諒。』

劉坤一對瑞章說：『你對袁觀察說說吧！』

袁昶下意識地緊張了一下，剛來兩江，便有什麼大事要聽我的意見，莫不是發生在京師裏的事？

『好，好！』劉坤一曼聲應道。『瑞方伯說，他在京師時便與你相識，說你是個實誠君子，又對京師各方情勢熟悉，所以特爲請你來一趟江寧，有一件事情要聽聽你的意見。』

『是這麼回事。』瑞章乾咳了一聲後說，『內閣給峴帥寄來大理寺卿徐致祥的一份參摺，並轉達上諭，要大帥派人去密查。因爲你剛從京師來，又在户部和總署做過事，對京師及各省的情況都熟悉，故峴帥叫你來一起商量商量，這事要怎樣辦纔最合適，你先看看徐致祥的參摺吧！』說着，從旁邊的茶几上拿起一沓折好的紙遞給袁昶。袁昶接過，展開來看。

第十二章　參劾風波

袁昶剛看了一句開頭的話，便立時眼瞪大起來，心突突地狂跳了兩下。原來，劉坤一和瑞章都不知道，袁昶是張之洞的門生！

同治六年，張之洞以翰林院編修的身份充任浙江鄉試副主考，這是他日後漫長的學官生涯的第一站。浙江是人文薈萃之地，歷代才子不少，張之洞以能典試浙江爲榮。三場緊張的考試結束後，各房考官開始忙碌的閱卷事宜。送到房官手裏的試卷經歷了三個過程，即先由彌封處糊名，再由謄録所用硃筆重抄一遍，最後由對讀所校讀。房官閱讀的硃卷雖不是士子的親筆，但與士子的墨卷完全無異，祇是沒有了名字。這一系列複雜過程的採取，全都是爲了一個目的：防止房官閱卷時徇私。

這天，張之洞去各房檢查房官的閱卷，見各房官都極爲認真，他很滿意。來到第十三房時，房官請他坐下，拿出一份試卷對他說：這份卷子上錯了一個字，但文章寫得極好，卷子推薦還是不推薦？張之洞說，我看看。他坐在房官身旁將試卷認認真真地看了兩遍，思索良久後說，從錯這個字來說，卷子不宜推薦出房，但從文章來看，此子才識俱佳，實爲難得。十年寒窗，三更燈火，熬進貢院不容易，錯字出於疏忽，而文章能達到這一步却難，我看還是推薦出房。有副主考作主，房官大膽將這份試卷推了上去。在最後審定時，張之洞又向正主考張光禄陳述了這個看法，張光禄亦同意。就這樣，這份卷子被列爲前茅，到張榜填名時纔知道出自桐廬袁昶之手。袁昶向房師謝恩時，房師把這個過程講給了門生聽。袁昶對張之洞感激不已，在他面前重重叩了三個響頭。

當下，袁昶匆匆將徐致祥的抄件和上諭看完一遍後，第一個想法是，應儘可能地幫恩師一把！

他定了定神，對劉坤一說：『不知峴帥要向職道垂詢什麼？』

劉坤一說：『我和瑞方伯都住在江寧，對京師的事情較爲隔膜，想問問你，徐致祥這個人，你熟

悉嗎？』

『職道認識。因爲同是江南人，説起話來，彼此都覺得有親切感。』

『這人怎樣？是個謹慎的人，還是那種喜歡風聞奏事的人？』劉坤一盯着袁昶問。

袁昶心裏想：這是個關鍵的問題，徐致祥的性情如何，顯然關係着這份參摺的分量輕重。他從容地説：『徐致祥是個老前輩，職道雖然對他談不上很熟很瞭解，但在京師時，也常聽到人説起他。都説他是屬於那種易於衝動的人，俗話説見風就是雨，這位老先生頗有點這樣的性格。故而他的摺子雖多，先前太后聽政時，並不把他的摺子看得很重。』

劉坤一沒有在意，瑞章却聽出『先前太后聽政時』這句話的畫外之音了。他揣摩：看來這事是皇上的決定，太后並不知道。

『另外還有一點。峴帥和瑞方伯都知道，徐致祥是堅決不同意修鐵路的，在這件事上他竭力反對張之洞。他的反對修鐵路的摺子，不知峴帥和瑞方伯讀過沒有。他説修鐵路一壞風水，二驚嚇祖宗，明白人讀後都竊笑不止。正因爲明擺着的太荒謬，故朝廷降了他三級。』

這幾句話對劉坤一很起作用。戎馬十餘年的劉坤一，在戰爭中親身領略洋人槍砲的威力，他是力主向洋人學習製造術的人。劉坤一心想：看來這個徐致祥是個不明事理又辦事輕率的人。這道參摺在他的眼裏已大爲跌價了。

瑞章問：『袁觀察，你離京那會子，太后是住在園子裏還是住在宮裏？』

袁昶答：『太后每年三月中旬到九月中旬住園子，其餘時間住宮裏。我是六月下旬離開京師的，那時太后還住在園子裏。現在是八月，要到下個月纔回宮。』

瑞章又問：『聽説皇上每個月都到園子去一次，向太后請安。是這樣嗎？』

『是這樣的。』袁昶説，『除請安外，皇上也將這個月來的國家大事向太后稟報，太后也會很有興致聽。據説間或也會説點自己的看法，皇上都會照辦。皇上天性純孝，親政以來，沒有聽説在處理軍國大事上與太后有不協之處。』

劉坤一説：『皇上爲天下臣民做了一個好榜樣。』略停一會，又問：『湖北藩司王之春這個人，袁觀察知道嗎？』

袁昶答：『此人我沒見過。在總署辦事時，倒是常聽同僚們説起過他。大多數人説他熱心洋務，器局開朗，有辦事才幹。也有人説他精明苛刻了點，易於得罪人。』

『趙茂昌呢？』瑞章問。

『不知道。』袁昶搖搖頭。『一個總文案官職太低，京師官場怎麼會説起他？』

袁昶説的是實話。

要問的大致都問了。劉坤一起身説：『袁觀察，謝謝你了，老夫還有點事要辦，先走了。你和瑞方伯在這兒聊聊天，晚上，老夫陪你在署裏喫頓便飯。』

袁昶忙起身打躬説：『謝峴帥。』

『袁觀察，我們今天談的是一樁秘事，你回安徽後，不要對別人説起。』待劉坤一出門後，瑞章特別向袁昶叮囑一句。

『職道明白。』

喫完飯回到瑞章爲他安排的客棧後，袁昶心裏一直不能安寧。他沒有想到，張之洞這樣熱心辦實

事的人，居然會有人攻訐，而且上諭的意思竟然偏向攻訐者，他爲當年的副主考感到委屈。他覺得應當把此事告訴張之洞，使他有所準備，又想起瑞章的鄭重囑咐，左右爲難。在床上輾轉大半夜後，感恩報恩之情終於佔了上風。他點燃蠟燭，給張之洞寫了一封長長的信，轉述上諭及徐搢的要點，請恩師早劃對策。

第二天，他離開江寧回安徽。到了安慶後，吩咐在懷寧客棧等候他的僕人趕忙去武昌，把這封裝在蓋有皖南道官印信封裏的密信，親自送到湖廣總督張之洞的手裏。

烤着他的心，令他憤怒，令他委屈，也令他痛苦！

他没有想到，這份參摺竟然出自徐致祥的手！他們在翰苑共事多年，經常在一起談國家大事，談經史詩文。這個江南老才子儘管比張之洞大幾歲，却對張之洞格外殷情稱讚，時常出格恭維他可比古之張良、謝安，有治國安邦大才，可惜屈於翰林院。不料就是這個人，今天居然説他衹可衡文，不可從政！

身爲大理寺卿，怎麽可以不要任何實據，衹憑幾句傳聞之辭，便給別人定下這等嚴重的罪名！這不是深文周納嗎？這不是存心要把人往死裏整嗎？

外放這十二年來，自己爲山西、兩廣和湖廣做了許多好事，在越南戰爭上爲國家贏得聲望。對於這些，徐致祥他可以閉眼不視，隻字不提，却把一些謡傳當作寶貝，無端羅織罪名。徐致祥究竟要達到什麽目的的呢？張之洞真恨不得將他揪到面前來當面質問，狠狠地搧他兩個耳光！

世上人本是良莠不齊，徐致祥要這樣無事生非，也拿他没法。令張之洞最爲委屈的是，朝廷怎麽竟然也會看重他這篇可恥的謗文！又是發上諭，要劉坤一密查，又是發抄件，讓兩江的官員們去閲看，這不明明認爲徐致祥的參摺有合理之處嗎？徐致祥荒謬不明事理，朝廷難道還不知我張之洞？皇上還不明白我對國家社稷的一片赤誠之心？這等破爛的摺子，不擲回斥責、留中淹掉便够意思了，居然要劉坤一來武昌密訪，皇上和朝廷對我張之洞怎麽如此不相信？

這樣想來想去，一陣揪心之痛令張之洞頭暈目眩，手心直冒虛汗，終於癱倒在太師椅上。一會兒，大根進來斟茶，見四叔雙目緊閉，臉色蒼白，嚇得叫道：『四叔，四叔！』喊了幾聲後，張之洞睜開了眼睛。

『四叔，您不舒服？』大根捧起張之洞的左手，在他虎口處略微用勁壓了一下。『好過點嗎？』

張之洞輕輕地點點頭，有氣無力地說：『你背我回後院去躺躺！』

見大根背着丈夫來到後院，珮玉大喫一驚，忙放下手中的活計，快步走過來，連聲問：『怎麽啦，怎麽啦？』

大根答：『四叔有點不舒服。』

珮玉摸了摸張之洞的額頭：『哪裏不舒服？』

『胸口悶。』張之洞輕聲答，臉色已比剛纔好些了。珮玉鋪好被子，又和大根一道將張之洞的外衣褲脱去，讓他好好地躺着。『要不要請醫生來瞧瞧？』珮玉問。

『不用。』張之洞輕輕地摇摇頭。又對大根說：『你不要對別人説我病了，免得大家都來探視，躭誤了辦公。有事找我的，叫他明天再來。你出去吧，我一個人安静躺躺。』

大根出去了。珮玉則守候在床邊，看着張之洞微微地閉上了眼睛。她心裏想：早上喫飯時還好好的，到押簽房辦公還不到一個時辰，怎麽會突然病得這麽厲害？她深情地盯着睡中的丈夫，猛然覺得來武昌這兩三年，他比過去更顯蒼老了。還衹有五十五六歲的人，鬚髮差不多全白了，面孔瘦削，襯托出那顆比常人略大的鼻子更顯碩大。她知道，這都是因爲辦鐵廠的緣故。丈夫爲鐵廠耗費的心血太多了。來到武昌之後，洋務成了他的最大的事情。珮玉記得有天晚上，丈夫因户部同意撥下二百萬兩銀子而特別興奮。他對她談起自己的洋務理想：先辦鐵廠，把鐵廠辦成全世界第一流的廠子，讓洋人看了驚嘆。然後再辦槍砲廠，辦紡紗廠，辦織布局。還要辦發電廠，讓老百姓的家裏都點上像總署衙門一樣的電燈！提起電燈，珮玉就會想起兒子滿月的那一夜，兩廣總督衙門裏突然亮起了百十個電燈泡，像天上的星星落到人間似的，房間裏每個角落都亮堂堂的，一顆針掉到地上都找得到。要是讓每户老百姓家裏也有一顆這樣的夜明珠，該多好呵！她握着丈夫的手說：『您做的是大好事。真的到了那一天，百姓要怎樣感激您哩！』珮玉看到，一向很少笑的丈夫臉上綻開了孩子似的燦爛笑容。

一眨眼工夫，珮玉過門來便是八個春秋了，準兒已經十六歲，大姑娘了。在她的悉心指導下，準兒的琴早已彈得很出色了。她常常夸準兒青出於藍而勝於藍，比她强得多。準兒却說，衹有形似而神不似，韵味還没有把握住，再說，鳳凰還没下來聽我的琴哩，還差得遠。準兒一直把鳳凰聽琴當作自己的最高目標，這使張之洞和珮玉聽了又好笑又欣慰。張之洞對女兒說，要想鳳凰從天上下來聽你的琴，可不是件容易的事。鳳凰極少，彈琴的人極多，它衹能去聽彈得最好的人的琴，繼續努力下去，活到老，彈到老，到了成老太婆時，鳳凰就會飛來聽你的琴了。說得大家都笑起來。珮玉自生了仁侃後，又生了個兒子仁實。張之洞忙，家裏的事全然没有精力顧及，珮玉除開料理丈夫的飲食起居外，還要關注着讀書的二公子仁梃和待字閨中的準兒，以及自己生的兩個稚子，一天到晚也够累了。

前些日子，張之洞對珮玉說，桑治平的夫人柴氏這兩年卧病在床，擔心自己哪天會先走一步，牽掛着女兒的婚事。珮玉說，桑家的燕兒是個好孩子，也有十七八歲了，有好婆家的話是該找一個的。張之洞說，我心裏倒有一個，你看合適不合適？珮玉問是誰。張之洞說，你看仁梃怎麽樣？珮玉撫掌笑道，平日裏没想到，你這一說，倒真是挺合適的一對。由學生轉爲女壻，桑先生第一個高興。張之洞也笑道，這是你說的，還不知燕兒母女怎麽想的。珮玉說，我打包票，燕兒母女一定喜歡。張之洞說，準兒也有十六七歲了，也到該出閣的年齡了，你爲她想過這事嗎？珮玉說，我在心裏早看好了一個人。張之洞問，誰呀？珮玉說，洋務科的陳念礽。我看是個可成大器的男子漢，你看怎麽樣？張之

洞喜道，你的眼光真不錯，論人品才幹，念礽自是幕友中最出色的人才，祇是年齡要比準兒大十來歲。珮玉說，祇要準兒自己願意，大一點沒有關係。珮玉準備找一個機會，好好跟準兒談談，不想丈夫突然病了，看來這事得往後推推。

下午，珮玉還是將常來督署看病的漢口名醫孫大夫請過江，給張之洞瞧瞧。孫大夫過細診了半天脈，沒發現什麼大毛病，便開了三劑舒心順氣的藥，先喫喫看。連服兩劑藥，又沈睡三四個時辰的好覺，第二天早晨，張之洞感覺好多了。他要大根請桑治平、楊銳、梁鼎芬三個人到督署後院來。

五　當王之春亮出鹽政賬目單時，準備大幹一場的李瀚章立刻軟了下來

桑治平很快就到了。他走進後院的客廳，一眼看到張之洞滿臉病容，驚道：『怎麼啦，病了？』

張之洞苦笑道：『我昨天在床上躺了一天，胸口被棉絮堵了似的，手脚無力，昨晚服兩劑孫大夫開的藥，今天好多了。』

桑治平問：『好好的，怎麼病了，什麼病？』

張之洞小聲說：『其實我沒有生病，是讓人給氣病的。』

桑治平覺得奇怪：『誰還有這個本事，氣得總督大人生病？』

『你先看看這封信。』張之洞將袁昶的信遞給桑治平，說，『過會兒節庵和叔嶠兩人來，你就別說我昨天氣病的事。他們兩人是學生輩，不要讓他們笑我太沒膽量。』

桑治平接過袁昶的信，笑道：『人無氣不立。該氣憤的事還是要氣，氣得病倒也是正常的，不能說沒有膽量。』

張之洞說：『年輕人面前還是不要說，給我點面子。』

桑治平不做聲了，全神貫注地看起皖南道的密信來。難怪令素日氣壯如牛的制臺病倒，這是一份多麼令人憎惡的參摺啊！朝廷中怎麼竟有這等容不得別人能幹的小人？皇上的這道上諭也荒唐得可以。

桑治平如此在腦子裏嘀嘀咕咕的時候，梁鼎芬和楊銳一前一後走進了客廳。待他們坐下後，張之洞說：『大理寺卿徐致祥告了我一狀，皇上要兩江的劉坤一來密查我。』

梁、楊二人聽了這幾句話，都驚愕不已。

『你們看完桑先生手裏的信，自然就清楚了，請你們過來，是想聽聽你們的看法。』

桑治平把信遞過來，梁鼎芬接過，楊銳湊過臉去，迫不及待地和兩湖書院的山長一道看起來。

『豈有此理！』三十五歲的楊銳依然年輕氣盛，信還未全部讀完便禁不住叫了起來。

三十一歲的梁鼎芬比楊銳性格沈穩些，他扶了扶鼻梁上的黑框近視眼鏡，說：『袁昶這個人，我在京師見過一面，那時他在户部做員外郎，卻不知道原來是香帥的門生，是及門的還是私淑？』

張之洞淡淡地答：『他是我同治六年典試浙江時中的舉。』

『哦。』三個人幾乎同時說了一聲。

桑治平說：『此人難得！』

楊銳仍是氣憤地說：『江寧派人來密查，就讓他來好了，我們人正不怕影斜，脚正不怕鞋歪。』

梁鼎芬思索好一會兒說：『香帥一心爲國，盡人皆知，徐致祥上這樣的參摺簡直是喪心病狂。王藩臺也是一個少有的大才，罵他聚斂，也沒有道理。不過，我在廣雅時，也曾聽人說過，王藩臺精明

過分了點，難免招人怨謗。趙總文案也有人說閒話，說他與包闈賭的彭老闆金錢上有點牽扯。所以，依晚生之見，不能輕視徐致祥這份摺子。』

張之洞不喜歡梁鼎芬說的話，沈下臉說：『不要聽信謠傳，王之春、趙茂昌我瞭解，沒有什麼事。』

梁鼎芬一怔，本想再說下去，趕緊打住了。

張之洞轉臉問一直沒有開口的桑治平：『你說說，這事該如何對付？』

桑治平思忖片刻後說：『我倒是贊同節庵的說法，不要太輕看了徐致祥的這道參摺。徐致祥誠然是個嫉賢妒能的小人，但他住京師，說的却是廣東和湖北的事，我想一定是有人在中間挑唆，慫恿徐致祥出面。這是一。其次，徐致祥的這份參摺能得到皇上如此重視，一定是有人在背後支持，支持他的人非同小可。』

張之洞眼睛盯着桑治平，臉繃得緊緊的，沒有吱聲。楊鋭、梁鼎芬也都全神貫注地聽桑治平的分析。

『這挑唆的人和支持的人，我們今後慢慢地去查訪，眼下最主要的事是尋求對策。我倒以爲，劉坤一那邊會好說話。他既然找袁昶商議，而袁昶又冒險給我們通風報信，估計袁昶在劉坤一面前會盡力將此事沖淡。劉峴帥爲人不拘細節，不是那種陰險害人的人，料定他不會太過不去。倒是有另一個人要引起我們的特別注意。』

『另一個人？』張之洞輕輕地重復這句話。腦子裏在迅速地尋找這個人。楊鋭也在努力地思索着。梁鼎芬腦子裏突然浮出一個人來，莫非是指他？但事關重大，剛纔又受了訓斥，他不敢貿然講出口。

『徐致祥的摺子說的大多是廣東的事情，上諭既然叫劉坤一來武昌密訪，依我看，必定會叫兩廣總督李瀚章在廣州就地查訪。李瀚章這個人倒是要認真對待的。』

梁鼎芬心中一喜：果然讓我猜中了！

張之洞點點頭說：『仲子兄分析得很有道理，徐致祥的抄件也同樣會往廣州寄一份。李瀚章雖與我無直接嫌隙，但李鴻章與我多年政見不合，做哥哥的定然向着弟弟，儻若無端生出些是非來，也是件麻煩的事。』

桑治平忙接下這個話頭：『正是這個話。蘇東坡的名言：橫看成嶺側成峰，遠近高低各不同。同是一座廬山，從左邊看或是從右邊看，從上面看或是從下面看，就不相同。世界上幾乎所有的事都是這樣的，從不同的角度就會看出不同的結果來。比如說廣東開禁闈賭那件事，理解的會說是爲籌軍餉而迫不得已，不理解的會說是拿國家掄才大典來賭博不體面，儻若遇到要存心爲難你的，他便會說，這是褻瀆聖賢，有辱斯文。所以，對一件事情的敘述，敘述者本人的心思如何關係大着哩！』

張之洞體會出桑治平話中的含義。看來廣東那邊是一定收到類似江寧的寄諭。粵省更不容忽視，如何對付清流黨的箭靶子的老兄呢？見桑治平看着自己，嘴角邊動了兩下却沒有發出聲來。他明白，這位當年古北口的隱士可能有什麼秘密話要說，礙於楊鋭、梁鼎芬二人在場，不便開口。正在這時，趙茂昌推門進來，對張之洞說：『大人，鐵政局會辦徐建寅先生來信說，馬鞍山煤礦有不少老百姓挖小煤窯，對煤礦干擾很大。他請大人將此事與譚撫臺商議，叫巡撫衙門向江夏縣打招呼，要江夏縣頒發一道禁令，禁止附近百姓擅自挖煤。』

張之洞借這個機會對楊鋭說：『叔嶠，你回文案室去，先給徐會辦代我回一封函，說這事馬上就

和譚撫臺商議，一定要制止亂挖小煤窑。』

楊銳答應着即刻起身。張之洞又對梁鼎芬説：『節庵就也先回書院去吧，你好好想想，明後天再到我這裏來談一談。』

待衆人都離開後院小客廳後，張之洞問桑治平：『他們都走了，你要説什麽就説吧！』

桑治平笑道：『你怎麽知道，我有話要背着他們説？』

張之洞笑道：『我察言觀色，知道你有衹能對我一人説的好主意。』

『剛纔節庵説的，有關王之春和趙茂昌的閒話，不瞞你説，在廣東時，我也聽説過。當然，王之春是個能幹人，大的方面還是可信賴的，不過，若是廣東有人跟他過不去，不檢點的事兩三件堆在一起，也就很礙眼了。』

『你是説，王之春和趙茂昌都經不起訪查？』張之洞剛剛放鬆的臉又綳了起來。

『是的。』桑治平面色嚴峻地點點頭。

『怎麽辦呢？若有諭旨下來，李瀚章肯定會去辦的，他和劉峴帥不同。』張之洞心裏憂慮起來。

『有辦法。』一個想法在桑治平的腦子裏形成了。『我們來它個針鋒相對。』

『怎麽個對法？』

『這件事交給王之春去辦。』桑治平指着袁昶的密信説，『這裏也提到他王爵堂，不妨讓他看看。他看後保證坐不安了，心裏急得很。』

『讓王爵堂去上疏爲自己辯護嗎？』張之洞的腦子裏充滿了懷疑。

『不是的，本人辯有什麽用！』桑治平壓低了聲音，『這件事，你完全不出面，由我來跟王爵堂

説，叫他背地裏查一下子李瀚章督鄂時的老賬。同治七年到光緒八年，李瀚章在武昌做了十五年的鄂督，難道他十五年間就一清如水，没有一點事？那年我在子青中堂那裏，親耳聽他説過湖北的鹽政弊端大，官方走私是公開的秘密。湖北官方走私食鹽，若没有李瀚章的同意是絶對行不通的。我看就叫王爵堂專門細查那十五年的鹽政，就會查出大的問題。那時叫他悄悄地到廣東去一次，當面去見李瀚章，把這事告訴他。説是你派他來的，問他此事如何了結。』

張之洞高興地一拍大腿，霍地站起來：『仲子兄，這是個好主意！世人説李家積纍的財産，可與乾隆朝的和珅相比。李瀚章任鄂督十五年，還真不知道他括去了多少民脂民膏。再説這事讓王爵堂去辦也合適。衹是，要他保密，不能讓譚敬甫知道了。』

『這我知道。譚敬甫那人是擔當不了一點事情的。』桑治平稍停一會又説，『你想過没有，此事若是太后當政的話，會不會出現？』

張之洞思索片刻説：『至少太后不會叫人來武昌密查，會直接問我本人。』

『皇上對你並無成見，看來是有人在影響着皇上。』

『你説的是翁同龢？』

『很有可能。』桑治平凝神説，『那年開禁闈賭的事，他就從中作梗。自從他執掌户部來，處處爲難，鐵廠的銀子他有意壓下大半年纔批，這些年他對你的作爲干擾不少。我估計這事極有可能又是他在作怪。』

『若是翁同龢存心跟我作對，我也真拿他没辦法。』張之洞面色憂鬱地嘆了一口氣，『自古權臣在內，無立功於外者。這種事不幸讓我碰上了。』

『如果能讓李蓮英把這個消息轉告給太后，那也是一個很好的途徑。』

張之洞搖搖頭說：『這條途徑也不好。莫説我不願意通過他傳達此事，即使願意，李蓮英這個人，你又如何能去接近他？我在京師十多年，從來没有這條道上的朋友。』

張之洞的斷然拒絶，使得桑治平在失望之中又不乏對張之洞的敬意：畢竟不愧是清流出身，不願降格去阿附太監總管，比起别的督撫來，人品上還是要高一等。但這事該怎麽辦呢？

張之洞說：『你先去和王爵堂談對付李筱荃的事。太后那裏，眼下看來没有合適的人，衹有等待機會了。』

真是天助張之洞。過兩天，一個絶好的機會降臨他的頭上。這天上午，他接到來自西安的信：他的姐夫陝西巡撫鹿傳霖定於下月初七日啓程前往京師陛見皇上。

張之洞看了這封信後，欣喜異常。將事情的原委告訴姐夫，請他在陛見皇上後再去頤和園向太后請安，就這個機會面奏太后，這比别的任何一條路子都來得可靠而便捷。苦苦思索幾天後的一個難題，終於由一個偶然的機遇給妥善解決了。這個事情給張之洞一個很大的啓發：外放十年了，京師官場日漸隔膜。長此下去，外官是做不好的，必須有一個非常信任的人處在朝廷要害部門，纔能探知朝廷中一些不爲外人所知的内幕。由誰來做這個事呢？仁權久居北京，對朝廷内外情勢有些瞭解，但他不宜做這種事。一則因爲他是自己的兒子，易於招人注意，二來他爲人拘束，這種事也辦不好。正思忖間，楊鋭推門進來，悄聲地對張之洞說：『我這幾天幫助王藩臺清查李筱荃鄂署任上的鹽政，查出了不少事，至少有三百萬兩銀子去向不明，估計都流入他的腰包了。過兩天再核實清楚後，我將陪王藩臺去一趟廣州，向李筱荃攤牌。有這一招，諒他不敢在徐致祥這件事上與我們爲難。』

第十二章　參劾風波

張之洞微笑着點了點頭，猛然想，就讓楊鋭去充當這個角色，他一定可以勝任。

『叔嶠，你不要陪王藩臺去廣州了，我交給一個新的任務，你去京師，并且今後就長住在那裏，不回來了。』

『這是怎麽回事？』楊鋭瞪大眼睛望着張之洞。他覺得老師的這個決定太突兀也太費解了：長住京師做什麽？

『坐下吧，我慢慢地對你說。』望着楊鋭那雖早已而立却仍充滿青春朝氣的神態，張之洞將請鹿傳霖面見太后的想法告訴了自己的得意弟子，然後神情嚴肅地對楊鋭說：『我有一個很重要的計劃，即安置一兩個完全可靠的人在京城做事，以便更多地得到一些朝廷内部的消息，隨時與我保持着聯繫。你是最合適的人，我請你去擔當這個角色。』

見楊鋭依然滿臉驚疑，張之洞怡然笑道：『叔嶠，你不要緊張，也不要有什麽不安。我蒙同治、光緒兩朝聖恩，又是太后特别超擢的總督，我對朝廷，對太后皇上忠心耿耿，别無二志。我讓你去京師呆着，決不是要你做什麽間諜之類的勾當，也不會叫你做違背朝廷律令的事，衹是希望有一個我十分放心的人在京師多瞭解一些情況。這次若不是劉峴莊恰巧叫袁昶去商議，我們至今還蒙在鼓裏。若有一個手眼寬闊的人在朝廷，也就不至於這般被動了。』

楊鋭明白了老師的意思，他爲難地説：『大前年，我聽恩師之勸，回四川鄉試，好容易中了個舉人，却又没有考上進士。我眼下無官無職，在京師冠蓋中簡直微不足道，我能爲您做什麽呢？』

張之洞説：『這些我都想到了。你去京師後在仁權那裏住下來，然後去拜訪子青老相國。我有一封書信交你帶給他，他會安排你進内閣，做一個中書舍人。中書舍人官位雖不高，但位置重要，你在

那裏可以接觸上至大學士、各省督撫將軍，下至京師各衙門的小官吏，可以獲得許多別人輕易得不到的東西。你把中書舍人做好，到時，我會想辦法通過別人的手來提拔你。』

聽了這話，楊銳心裏很激動。楊銳一邊在湖廣督署幕府裏做文案，一邊也在努力準備會試。前年他没考上，楊深秀却以晉陽書院山長的身份中了進士，分發吏部。這使楊銳既羨慕又自責，並暗地發誓，下科一定要考上。一旦進內閣做中書舍人，身在京師官場，參加會試有許多有利條件。若没中式，以一舉人而有此地位，也是極好的待遇。中書舍人既有進士出身，也不乏舉人出身的，並不妨礙遷升。這實在是求之不得的好去處。祇是楊銳對自己肩負的重擔仍有顧慮：『恩師，進內閣做中書舍人，這是學生夢寐以求的位置，祇是學生資質魯鈍，能力有限，深恐有誤恩師的重託。』

張之洞安慰說：『我一生教過許多學生，也閱歷不少官場士林中人，一個我所熟悉的人，他有多大的才幹，能做多大的事，我心裏是有數的。你若實在不是這塊料子，我也不會讓你去。你不相信自己，你要相信我，放心去吧。鹿撫臺初七從西安出發，他的隨從多，走得慢，你一個人，單騎匹馬無牽無掛走得快，估計他到彰德府時，會在二十八九。今天初十，你用半個月的時間，爭取在二十七八日左右趕到彰德府，與他會合。若萬一在彰德府錯過了，你就繼續往前趕在順德府、正定府一帶與他會合也行。退一萬步，就是在保定府與他見面也行，祇要趕在進京城前見到他就行了。』

楊銳說：『這點請恩師放心，我明天收拾下，後天出發，二十五六日我一定會趕到彰德府，在那裏等鹿撫臺的車騎。』

十二日，楊銳帶着張之洞的信離開武昌北上。十五日，王之春也帶着兩個隨從，離開武昌南下。

李瀚章到廣州任兩廣總督時，王之春還在廣東做藩司，彼此很熟悉。王之春到廣州的第二天，便輕易

走進督署大門，得到李瀚章的接見。

李瀚章今年六十九歲，但並不太見老，他的五官臉型都與二弟頗爲相像，個頭却矮了兩三寸。李瀚章書讀得並不好，功名祇是一個拔貢。他的父親李文安是曾國藩的同年，二弟又是曾國藩的惟一入室弟子，因爲有這些背景，他獲得了曾國藩的信任。曾國藩創辦湘軍伊始，正是用人之際。曾氏用人，最看重血緣、師生、同鄉這些關係。曾國藩親自向朝廷請求，將他分發湖南。咸豐四年李瀚章來到湖南署理永州縣令，曾國藩要他在東征局辦糧餉。李瀚章辦事勤勉，爲湘軍東征部隊供應糧餉出力甚大，得到曾國藩的器重，很快便升爲江西贛南道，再遷廣東督糧道。李瀚章官運極好，一路亨通，由道員升按察使，再升布政使。同治四年，入仕十一年的李瀚章便擢升爲湖南巡撫，到了同治七年便升爲湖廣總督。從那以後直到光緒八年，李瀚章在湖督任上前後呆了十五年。其間有四次暫時離開武昌任職別地，而代替他總督兩湖的則是他的二弟李鴻章。那時，二李的母親還健在。十五年之間，她穩居武昌督署不必離開，因爲無論是前任還是繼任，都是她的兒子。李老太太享受的這種殊榮，普天下父母找不出第二個。在那種母以子貴的時代，一個女人做到這種份上，也可謂風光至極，無以復加了。

論功名，李瀚章連個乙科都未中，論軍功，他連戰場都没上過，但他則在短短的十三四年裏，完成了從七品小縣令到正二品大總督的仕途。在承平年代，這是很多進士翰林一輩子都做不到的事，在那個戰爭年代，也是没有軍功的文人所終生望塵莫及的。但李瀚章做到了。曾國藩的提携，李鴻章的赫赫功勛，固然都是他飛黃騰達的重要原因，而李瀚章本人的能耐也是決不可忽視的。

李瀚章的能耐，祇是四個字：精心做官。他一輩子的心思都不在如何做事上，而是用在如何做官